달의 우체부

달의 우체부

한정희

iSLAND PIC

가슴 벅찬 삶을 원한다면
진실된 자신을 마주하세요.
그리고 끝까지 나 자신을 믿어보세요.

당신의 꿈은 무엇인가요?
지금 어디쯤 도착했나요.

 여덟 살 때, 학교에서 장래 희망에 대한 종이를 나눠준 적이 있다. 장래에 무엇이 되고 싶은지를 적어오는 숙제였다. 주제는 직업이었다. 나는 집에 가서 한참이나 깊은 고민에 빠졌다. 여덟 살에 미래를 결정해야 하는 것이었기 때문이다.
 당장에 하고 싶은 것들은 많았지만, 이십 년 후에 내 모습은 도저히 가늠이 안 갔다. 오래도록 생각했지만, 결국 어떤 사람이 되고 싶은지 몰라 엄마에게 물어보았다.
 "엄마는 제가 어떤 사람이 되면 좋을 것 같아요?"
 이 질문에 한참을 고민하던 엄마는 선생님이 되면 어떨지

되물었다. 그러고는 천천히 무엇이 되고 싶은지도 한번 생각해보기를 권했다. 하지만 나는 여덟 살의 나이로 더 이상의 깊은 고민은 무리였기에 숙제를 끝내고 싶은 마음이 더 컸다. '그래, 뭐 어때.'라는 마음으로 장래 희망을 채우는 빈칸에 선생님이라고 적었다.

다음 날, 발표 시간이 되었다. 나의 차례가 돌아오자 내 대답은 이러했다. "저는 이다음에 커서 선생님이 될 거예요."
결국 생각지 못한 순간에 인생의 첫 번째 거짓말을 하게 되었다. 지금 생각해 보면 여덟 살에 인생과 미래를 결정하기는 무리인데 말이다. 솔직하게 말하면, 어떤 직업들이 있으며 그 직업들이 무슨 일을 하는지도 잘 몰랐다.
연이어 다른 친구들이 발표했다. 제각각 다른 직업을 발표하는 것처럼 보였지만, 결국은 같은 꿈을 갖고 있었다. 대개 의사, 변호사, 공무원이 되고 싶다고 발표했다. 아무래도 나처럼 부모님의 도움을 받은 것 같았다.
발표가 끝나자 선생님이 말했다.
"모두 훌륭한 직업을 꿈꾸고 있네요. 꿈을 이루기 위해서 열심히 해야 해요." 모두가 비슷한 꿈에 관해서 얘기했지만, 선생님은 이상한 점을 발견하지 못했다. 선생님의 마지막 말을 끝으로 발표 시간이 끝났다. 그 꿈들이 아이들의 진짜 장래 희망이라고 믿는 선생님이 이해되지 않았다. 아무래도 큰 관심이 없었던 것 같다.

 어린 나이에도 불구하고 정말 무언가 되고 싶었던 친구들도 있었겠지만, 대부분의 어린이는 그러지 못했을 거로 생각한다. 장래 희망 발표 시간은 결국 어른들이 좋아하는 직업에 대한 이야기뿐이었다.

 스스로 어떤 사람인지, 무엇을 원하는지, 무엇을 좋아하는지, 무엇에 관심이 가는지, 무엇이 하고 싶은지에 대해서는 물어보지 않았다.

 이후 매년 장래 희망을 조사했고, 그때마다 나는 매번 선생님을 적었다. 이번에도 그 꿈이 진짜인지 가짜인지 아무도 관심이 없었다. 요즘 아이들에게 달라진 점이 있다면, 돈에 대한 높은 의식 수준과 놀라울 정도의 현실성을 바탕으로 한 새로운 직업 유형에 대한 관심이다. 건물주와 콘텐츠 크리에이터가 대표적인 예이다.
 나는 중학교, 고등학교에 올라가서도 선생님이 되고 싶다고 말했다. 정말 되고 싶었던 게 아니었기에 노력은 물론 없고, 그저 꿈을 합리화하며 어느덧 대학교에 진학할 나이가 되었다. 열아홉 살에도 여전히 무엇이 되고 싶은지 잘 몰랐다. 하지만 분명했던 건 문학 작품을 좋아하고, 나의 이야기를 다른 사람들에게 들려주는 것을 좋아한다는 것이었다. 그렇게 좋아하는 것을 좇아 국어국문학이란 전공을 선택했다. 대학생이 되었다고 해서 모두가 확실하게 진로를 결정하는 것은 아니었다. 대학교에서는 아직 나처럼 꿈을 찾지 못한 이들이 많아 보였다. 어떤 이들은 자신의 미래와 관련된 학과를 선택했지만, 대부분의 많은 이들은 학점에 맞는 학교와 학과를 선택했다. 자신의 진로를 이미 결정했다고 하더라도 가슴 설레는 일은 아닐지도 모른다고 생각했다. 어쩌면 여덟 살의 나의 장래 희망과 같을 수도 있기에.

대학 졸업 즈음에는 삶과 직업에 대해 깊이 생각해 봤다. 그동안 복잡한 것을 회피해왔지만, 이제는 더 이상 그럴 수 없었다. 드디어 진지한 미래와 마주할 차례가 된 것이다.
어릴 적부터 좋아하던 것들을 쭉 나열하고 그 점들을 이어 보았다. 그동안의 경험과 흔적들은 내가 어떤 것을 원하며 좋아하는지를 말해주고 있었다.

그중에 다양한 미디어는 내게 큰 에너지를 주었다. 책, 신문, 뉴스, 애니메이션, 영화를 통해 세상을 바라보고 인생에 대한 크고 작은 교훈을 배울 수 있었으며, 부족했던 이성과 감성의 영역을 채울 수 있었다. 그것이 내게는 소중했다. 매체와 대중문화에 관심이 컸던 나를 떠올리며 나는 내가 어떤 일을 해야 할지, 무엇을 해야 잘 할 수 있을지를 알고 있었다.

확신이 들자 주변 사람들에게 꿈에 관해 이야기했다. 돌이켜보니 나의 꿈을 누군가에게 떠들어댄 것이 인생 최대의 실수였다. 당시에 나를 응원해 주던 한 명의 친구가 있었지만, 그 외의 사람들은 사회적 기대치에서 벗어난 꿈이라고 생각했는지 벌이를 생각하며 직업에 대해 다시 생각해 보기를 권했다. 그때만 해도 작가라는 직업은 보편적이지 않았기에 조금 낯설게 느낀 것 같다. 이상하게도 무언가를 꿈꾸고 시작하겠다고 하니 주변의 만류가 컸다.

대부분의 사람은 시대적, 사회적 프레임과 자신의 기준 안에서의 논리가 정상이라 생각한다. 그렇기에 낯선 것을 쉽게 받아들이지 못한다. 그게 나에게 적용된 것이다. 처음은 원래 낯선 것인데 말이다. 사람들은 낯선 것이 반복되고 익숙해질 무렵이 돼서야 그것을 인정하고 받아들인다.

나는 어리석게도 그 시절 모두가 나를 위해 해준 진심 어린 조언이라고 생각했다. 다수가 하는 이야기하니까 그게 맞는 줄 알았다. 그 누구도 나만큼 내 꿈에 관심이 없는데 말이다.

중요한 사실은 시간이 흘러 누구든지 인간관계에 소홀해지는 시기가 오는데, 그때 내 꿈에 대해 왈가왈부한 사람들과는 연락이 되지 않는다는 점이다.

대학 졸업 후, 이십 대 중반에는 보여주기식의 첫 사회생활을 시작했다. 그건 부모님이 될 수도 있고, 친구가 될 수도 있고, 직장이 될 수도 있다. 나는 잘하고 있다고 스스로 다독였지만, 정작 나를 위한 것은 아니었다. 대신 현실에 타협했다. 언제나처럼 배우자! 뭐든 배움이 있을 거라고.

더 이상의 성장이 어려울 때는 이직을 했고, 업무의 관심 분야가 바뀔 무렵에는 진로를 바꿨다. 그저 멈춰있는 게 싫었다. 멈춰 있다 보면, 어느새 뒤처지거나 사라지기 마련이니까. 그래서 나는 나만의 방식대로 보고, 배우며, 성장했다.
 그런데 이직을 할 때마다 면접관들은 마치 짠 것처럼 똑같은 질문을 했다. 이직한 이유가 무엇인지를. 그리고 항상 이직한 사람들은 대체로 문제가 많다는 식의 뉘앙스였다. 나는 그들의 질문에 고민하지 않고 답했다.
 "더는 성장을 할 수 없었습니다. 새로운 것들을 배워 보고 싶어서 이직을 결심하게 되었습니다."
 그럼 그들은 콧방귀 뀌듯 웃어넘겼다.
 아마, 회사의 부속품 정도로 생각하지 않았을까.

현대판 노예라는 새로운 용어가 탄생할 무렵, 어느새 나는 회사와 일의 노예가 되어있음을 느꼈다. 나의 꿈과 밝은 미소를 서서히 잃은 채, 점점 지쳐만 갔다.
 사회적 기준 속에서 누군가 만들어 놓은 대로 평범하게 산다는 것은 나를 잃어버리는 것과 같다. 나조차도 나의 목소리를 외면하고, 어쩔 수 없다며 합리화하던 선택은 존재 가치에 대해 다시금 생각하게 했다.

출·퇴근길 지하철 안, 점심시간 횡단보도 앞에서 마주치는 수많은 사람. 무채색의 옷을 입은 사람들과 무표정으로 밥을 먹는 사람들을 보며, 나는 삶의 이유에 대해 떠올렸다. 나도 그들 중 하나다.

나는 누구인가?
나는 무엇을 위해 사는가?
내가 좋아하는 것은 무엇인가?

이 질문에 대한 답을 하지 못하는 나를 발견했다. 그제야 무언가 단단히 잘못됐음을 감지했다. 나는 지나온 내 삶을 정리해야 했다. 이게 정말 내가 원하던 삶인가? 내 대답은 '아니'였다. 지난날을 되돌아보며, 몇 날 며칠을 생각했다. 그 생각으로 밤에 잠이 오질 않았다.

잘못된 선택의 연속, 그것은 나의 꿈으로부터 점점 멀어지게 만들었다. 시간은 쉼도 마침표도 없이 흘러가는데 내 꿈은 저 멀리 두고 왔다.

내가 행복하지 않은 이유. 그것에 대한 답을 찾아야 했다. 생각은 계속됐다. 그리고 하나씩 풀지 못한 질문에 대한 답을 찾으며, 마침내 나는 벌거벗은 나를 만날 수 있었다. 얼마나 나를 꼭꼭 숨겼는지 마음속 저 깊은 곳까지 도달해서야 겨우 나를 만났다. 그러자 내 삶에 대한 두려움은 무의 상태가 되었다. 비로소 거짓 없는 나 자신을 마주할 수 있었다. 이제 내가 무엇을 해야 할지 보인다.

나의 꿈과 삶의 여정은 지금 시작되었다.

목차

007 ____ 프롤로그 당신의 꿈은 무엇인가요

018 ____ 회색 도시
029 ____ 토토와 아지트
040 ____ 비밀의 다락방
050 ____ 낡은 상자 속
057 ____ 노란 편지 봉투
060 ____ 여행의 시작
063 ____ 느린 기차 vs 반쪽 지도
066 ____ 낯선 곳에서의 하룻밤
072 ____ 불청객들
084 ____ 사라진 목걸이

089 ____ 금기된 전설
099 ____ 작은 망아지
105 ____ 영원한 정원
111 ____ 달에게 쓰는 편지
118 ____ 세 번째 달
123 ____ 별의 다리를 건너
129 ____ 두 번째 달
134 ____ 유니콘과 함께
141 ____ 달의 우체부
151 ____ 다시, 삶

160 ____ 에필로그 여정의 끝은 새로운 시작

회색 도시

짧았던 주말이 끝나고 다시 월요일이 돌아왔다. 지하철 안, 대부분의 사람은 피곤한 기색이 역력했다. 어젯밤 일기 예보에서 소나기가 내린다고 해서일까. 사람들은 저마다 우산을 하나씩 들고 있었다. 어두운 지하철 안에는 무채색의 옷을 입은 사람들로 가득했다. 손에 들고 있는 우산마저 색상이 같았다.

출근 시간인데 벌써 퇴근 생각이 났다. 퇴근 후부터 새벽까지가 유일한 나의 시간이기 때문이다. 그걸 알아서일까. 그 시간대는 잠이 잘 오지 않는다. 그래서인지 하루 중 아침이 제일 피곤하다.
나는 어젯밤 몇 편의 드라마를 보다 시즌을 통째로 정주행하고 잠들었다. 다른 사람들도 나처럼 잠을 못 잔 건지 아니면 또 다른 이유에서인지 많이 피곤해 보였다.
지하철 안에는 누구 하나 행복한 미소를 짓고 있는 사람이 없었다. 이 많은 사람 중에 단 한 명도 찾아볼 수 없다니. 다른 의미의 지옥철 같았다. 날씨가 우중충해서일까. 오늘따라 그들의 표정을 보니 나까지 더 어두워지고 가라앉는 기분이었다.

핸드폰이 울리며 엄마로부터 메시지가 왔다.
[우리 딸, 아침 먹고 출근하니.]

엄마는 항상 똑같은 시간에 안부를 묻는다. 답장하려는 순간, 누군가 나의 팔을 툭 치고 급하게 지나갔다. 아마 딴생각을 하거나, 게임을 하거나, 깜빡 졸다가 급하게 내리는 사람이었을 것이다. 나의 핸드폰은 바닥으로 떨어졌고, 순간 충격 탓인지 이어폰 속으로 흘러나오던 노래가 잠시 멈췄다.

　[이번 역은 지금역입니다. 지금. 지금역.]

　지하철 안내 음성을 듣다 깜짝 놀랐다.
　'이런, 나도 내려야 했는데.'
　서둘러 내리려고 했지만, 많은 사람 사이로 비집고 나가질 못했다. 지하철 문은 그대로 눈앞에서 닫혔다. 내리는 타이밍을 놓친 것이다.
　'젠장, 지각인 건가? 오전 9시 미팅은 어쩌지.'
　갑자기 걱정이 밀려왔다. 직장인에게 스트레스는 매우 자연스럽게 따라붙는다. 하지만 오늘은 아침부터 꼬인 채 시작되어 평소보다 기분이 더욱 별로다. 게다가 중요한 프레젠테이션이 있는 날이라 걱정이 태산이었다. 점점 한계점에 접어들며 반쯤 해탈했다.
　'내가 그렇지 뭐. 아니, 이미 늦은 걸 어쩌.'
　어느새 일 생각과 걱정으로 엄마의 안부 인사에 답장하는 것을 잊고 있었다.

회사에 도착하기 직전, 한숨부터 나왔지만 애써 밝은 가면을 쓰고 회의실에 들어갔다. 생각만큼의 큰일은 없었지만, 이때만을 노린 것처럼 상사의 기분 나쁜 쓴소리가 들려왔다. 그 소리는 퇴근 전까지의 기분을 좌우한다. 생각해 보니 미팅이 어떻게 끝났는지도 모르겠다.

 잠시 화장실에 들러 손을 씻었다. 거울을 보던 나는 거울 속에 비친 내 모습을 마주했다. 아무 감정이 느껴지지 않는 무의미한 표정이 보였다.

 '내가 살아있긴 한 건가? 종일 이런 표정이었나. 아닐 거야. 아니겠지.'

 누가 그랬다. 모두가 이렇게 사는데 나 혼자만 투정하는 거라고. 그러니까 사회 부적응자가 아니라면 그만 징징대라고. 정말 그런 걸까. 나는 고개를 절레절레 흔들었다. 생각을 멈춰야 덜 피곤했으니까. 나를 위한다면 이런 답이 없는 상황에서는 생각을 멈추는 게 나았다.

 나는 자리로 돌아가 또다시 가면을 쓴 채, 오후 일과를 무사히 마쳤다.

 잠시 뒤면 곧 퇴근 시간이다. 그 생각만으로도 기분이 좋았다. 아마 하루 중 제일 기쁜 순간이지 않을까.

 그 순간 핸드폰 진동이 울렸다. 오랜만에 연락한 남자친구의 메시지였다. 갑작스러운 메시지가 왠지 불길했다. 서로가

권태기라 여기고, 잠시 떨어져 지내기로 한 지가 삼 주째다.

'벌써 이렇게 시간이 흘렀구나.'

만나자는 이유는 짐작이 됐다. 나는 이미 알고 있는 마음을 조금이라도 외면하고 싶었던 건지 약속 장소를 향해 천천히 거닐었다.

카페에 도착하여 문을 열고 들어갔다. 아직 안 왔을 거라는 예상과 다르게, 먼저 도착한 남자친구의 모습이 저 멀리 보였다. '평소에는 항상 늦더니, 이런 순간에는 일찍 오네….'

자리에 앉아 있는 남자친구의 얼굴을 바라보니 꽤 심오해 보였다. 우리는 깊은 이야기를 나눴다. 차분하게 말을 꺼낸 그는 현재 상황과 생각을 나에게 솔직하게 이야기했다. 어영부영 넘기는 것보다 솔직한 게 나았다. 만남의 노력처럼 이별의 순간에도 최선을 다해야 한다.

그의 말에 대한 내 해석은 이러했다. 내 성격은 가늠할 수 없으며 상대를 지치고, 힘들게 한다는 것이었다. 그래서 나를 만날 자신이 없다고. 어쩌면 회사 생활의 스트레스가 남자친구에게 제일 많이 전해진 게 아닐까.

헤어지는 순간은 참 아이러니하다. 나의 성격이 밝아서 좋다더니, 이제 와서 내 성격이 사람을 지치게 만든다고 했다. 가장 좋았던 것이 가장 싫어지면 그것은 정말 끝이 아닌가.

'예쁘게 만나자고 다가온 건 너인데. 기억이 안 나는 걸까.'

그에게 화낼 기운도 없었다. 이미 끝난 걸 되돌릴 수 없기에. 허탈함에 웃음만 나왔다. 이별이 반복되면 익숙해질 법도 한데 이런 순간은 언제나 힘들다. 그는 나에게 그만 일어나자고 말했다. 나는 그를 뒤로 한 채, 혼자 덩그러니 카페에 남아 생각했다. 이토록 비참한 기분이 드는 이유는 뭘까.

10년 전, 20년 전 내가 생각했던 미래의 모습이 뭐였더라. 지금의 내 모습은 왜 이런 걸까. 도대체 무엇이 어디서부터 어떻게 잘못된 걸까.

나는 빈 잔을 멍하니 바라보았다. 유리에 비친 내 모습이 눈에 들어왔다. '왜 이렇게 흐릿하게 보이는 걸까?'

아무리 선명한 모습을 보고 싶어도 내 모습은 계속해서 흐릿하게 보였다. 힘든 순간이 찾아와도 항상 눈물을 잘 참아왔는데. 고작 유리잔 하나를 바라봤다고 왜 이렇게 눈물이 차오르는 건지 모르겠다. 그로 인해 내 모습은 점점 더 흐릿하게 보였다. 지금의 존재처럼.

성인이 되고 버릇이 하나 생겼다. 힘든 순간에는 생각을 멈추는 것이다. 더 이상의 아픈 생각은 그만하고 싶으니까. 계속된 생각은 상처를 더 곪게 만들어버린다. 눈물이 흐를 것 같았다.

'그래. 이곳에서 벗어나자.'

나는 자리에서 일어나 터벅터벅 카페를 나섰다.

분명 소나기라고 했는데 비가 다시 내리기 시작했다.
'우산을 두고 퇴근했는데….'
역시 인생도 날씨도 정확한 예측은 어려운 법이다.

쏴. 시원하게 들려오는 빗소리에 답답하던 마음이 풀렸다. 하늘에서 내게 주는 선물 같았다. 바닥에 고인 빗물을 보니 어린 시절이 떠올랐다. 우비 입고, 장화 신고 뛰놀던 그때.
사회생활 시작 후부터는 비가 오는 날이면 늘 걱정이 앞섰다. 불편한 대중교통과 축축함으로 인한 불쾌감까지. 그런데 어째서일까. 왜 이토록 비가 반가운 건지. 어른이 된 후로 처음이었다. 오늘따라 기분이 이상했다.

갑작스레 핸드폰이 울렸다. 아빠의 전화였다. 지방에 사는 부모님은 항상 아침저녁으로 안부 인사를 건넨다. 하루도 빠지지 않고 같은 시간에 연락하는 걸 보면, 이미 두 분의 생활 패턴이 된 것 같다. 늘 잘 받던 연락이지만 오늘은 도저히 받을 수 없었다. 이렇게 못난 나를 마주하는 날에는 평소처럼 밝고 괜찮은 척 연기할 수 없으니까. 나는 핸드폰을 가방 안에 넣었다.

비가 점점 더 거세게 내리기 시작했고, 하늘은 온통 먹구름으로 뒤덮였다. 무채색으로 변해버린 회색 도시와 어두운 나의 내면이 무척이나 닮아 있었다.

 어른이 되면 내가 원하는 삶을 살 줄 알았다. 하지만 현실은 그렇지 못했다. 아무렇지 않은 척하며 애써 잘 지내다가 오늘 같은 날을 만나면 길을 잃어버린다. 지금 내가 어디에 있는지도 모르겠다.

 비가 멈추길 기다렸지만 비는 멈추질 않았다. 기세를 보아하니 오랫동안 올 것 같은 예감이 들었다. 계속 이렇게 있을 수는 없어 빗속에 발을 내디뎠다.
 세상을 적시는 비에 몸을 맡겼다. 찝찝할 것 같은 생각과는 달리, 나를 적시는 이 느낌이 나쁘지 않았다. 우산을 쓰고 지나가던 사람들이 나를 힐끔 보는 것 같았다. 타인을 의식하며 살았지만 이 순간만큼은 상관없었다.
 복잡한 심경에 친구에게 전화해볼까 생각했지만 결혼해서 엄마가 된 친구들과의 연락은 쉽지 않다. 환경과 관심사가 달라 대화도 어렵다. 어쩌면 마음속 깊은 이야기를 나눌 진짜 친구가 없는 것일지도 모른다. 세상에 혼자인 기분을 온몸으로 느꼈다.
 한참을 걷다 보니 낯선 횡단보도 앞이었다. 맞은편 신호등은 빨간빛이었다. 건널목에서 신호를 기다리는데 이상한 생각이 들었다. 이대로 내가 사라져도 괜찮을 것만 같은 그런 생각. 빗방울이 속눈썹에 맺혀 점점 시야가 흐려졌다.

신호등이 초록빛으로 바뀌자 천천히 길을 걸었다. 횡단보도가 꽤 길었지만 신호등은 금세 빨간빛으로 변했다. 나는 계속 터벅터벅 걸어 나갔다.

그때 빗속에서 무서운 기세로 승용차 한 대가 돌진하고 있었다. 나는 잠시 멈춰서 하늘을 바라보았다. 점점 커지는 경적이 가까워지는 것을 느끼자 눈부신 빛을 향해 고개를 돌렸다. 본능적으로 알 수 있었다.

'이게 나의 마지막이구나…'

순간 짧고도 길었던 인생이 주마등처럼 스쳐 지나갔다. 그때 알았다. 죽음의 무서움보다 지난 삶의 후회와 미련이 더욱 더 크다는 것을. 그리고 또 하나.

'사랑하는 가족이 너무 보고 싶다.'

퍽. 충돌과 함께 그대로 내 몸이 공중으로 떠올랐다. 고통스러운 아픔과 이상한 해방감이 동시에 온몸으로 전해졌다. 바닥에 쓰러진 나는 몸을 움직일 수 없었다. 빗줄기 사이로 나를 바라보는 사람들이 흐리게 보였다. 점점 눈이 감겼다. 하지만 의식은 여전히 깨어 있었다.

아무것도 보이지 않은 어둠 속에서 구급차 사이렌 소리가 들려왔다. 그런데 몸이 이상해졌다. 갑자기 가벼워진 것이다. 조금 전까지만 해도 꼼짝 못 하고 누워있던 내가 마치 아무 일이 없었다는 듯 멀쩡하게 몸을 일으킬 수 있었다. 오히려 편안한 느낌마저 들었다.
 '내게 무슨 일이 일어난 거지? 사고가 난 게 아니었나.'
 몸을 털고 보니 무언가 이상했다.
 분명 사고는 났었다. 도로 한편을 바라보니 힘없이 축 늘어진 채 쓰러져있는 사람이 보였다. 이상한 끌림으로 그 앞으로 걸어갔다. '이럴 수가.'
 흥건한 피를 따라 누군가를 바라보니, 그건 바로 나였다.
 '설마… 영혼과 몸이 분리된 건가… 이게 유체이탈인가?'
 나의 영혼을 바라보자 그건 마치 형태 없는 검은 그림자 같았다. 쓰러져 있는 내 몸은 도착한 구조대에 의해 구급차에 실렸다. 구급차가 떠나자 일제히 사람들은 아무 일도 없었다는 듯 뿔뿔이 흩어졌다.

 병원에 도착하자마자 급하게 응급실로 옮겨졌다. 나는 내 모습에서 눈을 떼지 못했다. 처음으로 타인이 되어 나를 바라보았다. 미동조차 없는 나의 모습은 너무 초라하고, 안쓰럽고, 안타까웠다.
 '이대로 사라져도 괜찮을 것 같다고? 아니… 안 돼….'
 이렇게 끝내기에는 내 삶이 너무 허무했다. 반드시 살아야만 했다. 나는 간절한 마음으로 기적이 일어나길 바랐다.
 그 시각 밖에서는 무언가 큰일이 일어날 것을 알리는 것처럼 천둥 번개가 쳤고, 응급실에서는 긴급한 의사의 목소리만

이 울려 퍼졌다. 의사가 의료 기기로 흉부를 압박해보지만 결국 심장은 다시 뛰지 않았다. 세상의 어둠은 나의 심장을 집어삼켰다.

가만히 누워있는 나를 먹먹하게 바라보다 미친 듯이 울부짖었다. 그 누구에게도 나의 외침은 들리지 않았다. 영원히 잠들어버린 내 심장을 마구 두드려보지만, 손에 닿지 않았다. 잠시 뒤, 실내를 가득 메우는 소리만이 귀에 맴돌 뿐이었다.
삑.

눈앞에는 온통 빛으로 가득한 하얀 터널이 펼쳐졌고, 영혼은 점차 흐릿해지며 터널 속으로 사라지고 있었다. 되돌릴 수 있다면 얼마나 좋을까. 하지만 그럴 수 없다는 것을 알기에 고통스러웠다. 지난 내 삶은 내가 생각했던 삶이 아니었다.

사회와 타인의 인생에 맞춰졌던 삶. 나이가 들수록 커지는 두려움과 작아지는 목소리. 나조차 나를 속이며 살았던 것. 그렇게 아주 평범한 사람이 되어 버린 것.

이게 진정 내가 원하던 삶이었을까? 이제야 들려오는 내면의 소리에 귀를 기울여보지만 돌이킬 수가 없었다. 그것은 무의미했다.

무채색의 어느 날, 나의 영혼은 그렇게 닫혀버렸다.

토토와 아지트

짹짹. 짹짹. 맑고 청아한 새소리가 어디선가 들려왔다.

"토토야. 정신 좀 차려봐!"

누군가의 애타는 목소리도 들렸다. 그 소리에 반응하듯 의식은 서서히 깨어났다. 무거운 눈꺼풀을 힘겹게 떠보니, 무성한 초록 나뭇잎과 그 사이를 비집고 들어오는 햇살이 보였다.

살랑거리는 바람이 느껴지자 몸에 반응이 이상했다. 부드럽게 흩날리는 솜털도 느껴졌다.

눈을 한번 끔벅이자 웬 꼬마 코끼리가 보였다.

'잘못 본 건가.'

눈을 감고 생각해 보니 이상한 기분이 들었다.

'코끼리 한 마리가 내 앞에 있다니. 어째서?'

갑자기 눈이 떠졌다. 다시 봐도 눈앞에 있는 건 코끼리였다. 꼬마 코끼리는 매우 걱정스러운 눈빛으로 나를 쳐다보고 있었다. 자세히 보니 동화 속의 그림처럼 귀여운 얼굴을 하고 있었다. 정신이 번쩍 났다.

'잠깐! 이게 대체 무슨 상황이지?'

화들짝 놀라 주위를 살폈다. 그런 내 모습이 이상했는지 계속해서 지켜보던 코끼리가 고개를 갸우뚱하며 말했다.

"토토야, 괜찮은 거지?"

세상에. 코끼리가 말을 했다.

"이곳은 어디니?"

"어디긴 어디야. 우리 아지트지. 깨어나서 정말 다행이야!"

코끼리는 안도의 숨을 쉬며 말했다. 코끼리와 대화하는 나를 보니, 단단히 미친 건가 싶었다. 병원에서의 마지막 모습이 떠오르며, 사후 세계일지도 모른다는 생각이 들었다.

'그래. 이건 사후 세계야. 이곳에서는 모든 동물이 함께일 거야.'

코끼리가 나를 보며 심각하게 말했다.

"정말 괜찮은 거지? 아까 공에 맞고 기절했잖아."

그러니까 코끼리의 이야기로는 내 이름은 토토이고, 공놀이를 하다 사고를 당하여 잠시 기절했으며, 이제 깨어났다는 것이었다. 그 말이 믿기지 않아 코끼리를 멍하니 바라봤다. 그제야 지금 내가 있는 이 세상이 이상하다는 것을 깨달았다. 이차원으로 보이는 평면 세계. 서서히 드러나는 하얀 피부와 부드럽고 뽀송뽀송해 보이는 솜털.

'이곳은 어디지… 내 몸은 또 왜 이래…'

놀란 나는 거울을 찾았다. 눈치가 제법 빠른 코끼리가 거울을 가져다주며 말했다.

"토토야! 그런데 말이야…"

거울 안에 모습을 바라보니 놀라지 않을 수 없었다.

"네가 깨어난 이후부터 계속 흐릿하게 보여…"

나의 모습은 코끼리의 말처럼 형태가 흐릿했다.

게다가 멜빵바지를 입은 하얀 토끼의 모습을 하고 있었다. 정확히는 무채색이었다. 이 상황이 믿기지 않아, 내 볼을 꼬

집었다. 이럴 수가. 아픔도 느껴졌다. 어떻게 이해해야 할까.

'죽어서 다시 토끼로 환생한 걸까? 아니면 동물의 몸속에 내 영혼이 들어간 걸까?'

이런저런 생각을 해봐도 답이 나오질 않았다. 지금으로서는 이것이 현실이다. 어쩌면 코끼리의 말대로 잠시 쓰러진 동안, 인간의 삶을 꿈꾼 것일지도 모른다. 나의 심장에 두 손을 가져다 대보니 아주 미세하면서 빠르게 심장이 뛰고 있었.

'나는 살아 있다.'

잠시 뒤, 누군가의 목소리가 들렸다.

"얘들아!"

소리치는 듯했지만 매우 작은 소리였다. 그 소리를 따라 내려다보니 아무도 보이지 않았다.

같은 곳에서 다시 소리가 들렸다.

"얘들아! 여기야. 나 여기 있어!"

소리 나는 곳을 자세히 보니, 작은 점처럼 보였던 것은 다름 아닌 개미였다. 개미는 위를 향해 환하게 웃어 보였다. 그제야 나는 나무 위 오두막에 있다는 것을 알게 되었다. 높이는 삼 미터 정도 돼 보였다. 고개를 휙 돌려 코끼리의 얼굴을 다시 봤다. 코끼리는 여전히 나를 보며 걱정돼 죽겠다는 표정이었다. 그 귀엽고도 순순한 표정을 보아하니 이곳은 동화 속 세상일 지도 모른다는 생각이 들었다.

개미는 오두막까지 힘겹게 올라왔다. 땀까지 흘리는 걸 보니 오두막까지 올라오는 것이 보통 일은 아닌 것처럼 느껴졌다. 개미는 내 생각을 들은 것처럼 나를 향해 말했다.

"여기까지 오는데 많은 시간과 에너지가 필요하지만, 너희를 만날 수 있어서 힘들지 않게 느껴져."

상황으로 보아 우리 셋은 친구고 나무 위의 오두막은 우리의 아지트 같았다.

"참! 망원경은 어디에 있어?"

개미는 코끼리에게 물으며 이리저리 망원경을 찾았다. 잠시 뒤, 코끼리는 어딘가에서 커다란 망원경을 가져왔다. 기대감에 한껏 들뜬 모습이었다.

"밤이 되면 신비한 우주 세상을 보여 줄게. 아주 가까이에서 볼 수 있어."

코끼리는 우주에 대한 호기심이 가득해 보였다.

그때 개미가 나에게 다가와 작은 목소리로 말했다. 개미의 목소리는 매우 작아서 귀를 기울여야만 했다.

"토토야, 나는 가끔 네가 부러워. 너처럼 빠르게 달릴 수 있으면 좋겠다고 생각할 때가 있거든."

나는 지금 토끼의 몸인 것조차 부정하고 싶다. 그런 나에게 부럽다고 말하는 개미를 보니 헛웃음이 나왔다. 그렇게 따지자면 부러움을 부럽다고 표현할 줄 알고, 긍정적이고, 성실해 보이는 개미가 오히려 부러웠다.

코끼리가 그 이야기를 들었는지 망원경을 조절하며 개미에게 말했다.
 "개미야. 너는 누군가를 부러워하지 않아도 돼. 누군가 정해놓은 틀 속에서 완벽해질 필요 없어. 정해진 기준은 없으니까. 이미 네 자체로 완벽한걸."
 코끼리의 말을 듣고 보니 맞는 말이었다. 코끼리는 코끼리처럼, 개미는 개미처럼, 토끼는 토끼처럼. 우린 각자로서 완벽하다. 어느새 나는 토끼가 되어버린 걸 인정하고 있었다.

 이곳은 모든 게 따뜻하고 아름다웠다. 코끼리와 개미만 봐도 그렇다. 점차 확신이 들었다. 지금 내가 있는 곳은 동화 속 세상이다. 복잡했던 인간 세상과는 달리 단순했다. 그러면서도 정겨웠다. 어쩌다 나의 영혼이 이곳에 온 것인지는 모르겠지만, 이곳에는 아무런 걱정이 없었다. 말 못 할 고민과 고통으로부터 멀어진 기분이었다.

 어둠이 찾아오자 별들로 수놓은 것 같은 멋진 광경이 눈앞에 펼쳐졌다. 밤하늘은 온통 반짝이는 것들로 가득했다.
 '별들은 어쩜 저렇게… 아름답게 빛나는 걸까?'
 그 별들 사이로는 가장 환하게 빛나고 있는 환상적인 달이 보였다. 개미가 제일 먼저 망원경 앞으로 다가서 관측했다.
 "이렇게 보니까 우주와 정말 가까워진 느낌이야. 달 좀 봐! 정말 신기해. 실제로 만난 적은 없지만, 달에 다녀온 이들도 꽤 있다고 소문으로 들었어. 나도 저곳에 갈 수 있을까?"

개미는 달에 가고 싶어 했다.

"그야 물론이지. 그렇지만 시도를 해보지 않고서는 알 수 없지." 코끼리가 관측하며 대답했다.

"우주는 정말 굉장해. 지구를 비롯한 여러 행성뿐만 아니라 별과 달을 모두 품고 있잖아. 토토! 너도 한번 봐봐!"

코끼리가 나를 보며 망원경을 가리켰다.

옆에 있던 개미가 말했다.

"다들 그거 알아? 예전에는 방아 찧는 토끼가 달을 지켰대. 그런데 지금은 우체부가 지킨다고 하더라."

"우체부라고?"

코끼리가 되물었다.

"응. 달의 우체부!"

그 말을 듣자 몹시 궁금했다. 나는 망원경 앞으로 다가서 달을 조준하여 확대해서 보았다.

"왜 안 보이는 거지?"

개미가 말한 달의 우체부는 보이지 않았다.

"당연히 보이지 않지. 망원경으로는 한계가 있으니까. 직접 가봐야 알겠지! 달에는 작은 소원부터 큰 꿈까지 많은 편지가 도착한대. 달이 직접 답장하는데 그 편지를 달의 우체부가 전한다고 들었어. 답장을 받은 이는 꿈이 이뤄진대. 하지만 모두가 답장을 받는 건 아니라더라." 개미가 말했다.

'달의 우체부' 그 존재를 듣자마자 머릿속이 복잡해졌다. 하지만 왜 그런 것인지는 알 수 없었다.

'달에서… 편지를 전하는 우체부가 있다니.'

나는 그곳에 대한 작은 호기심이 생겼다. 달에 가보면 알 수 있지 않을까. 이곳에서는 모든 게 가능해 보였다.

"토토, 네가 늘 궁금해하던 저 먼 우주의 세상을 바라보니 어때?"

코끼리의 질문에 관해 곰곰이 생각해 봤다. 어떻게 알았을까. 나는 어릴 적, 우주에 대한 호기심이 아주 많았다.

지금은 마치 그때로 돌아온 것 같은 기분이다.

"언젠가 저 우주와 달에 꼭 가보고 싶어!" 내가 대답했다.

"언젠가는 너무 늦지 않을까?" 코끼리가 말했다.

"지구와 우주의 거리는 머니까…."

"깊게 고민하지 마. 주어진 시간은 생각보다 많지 않아."

코끼리의 대답을 듣자, 머리를 한 대 맞은 듯한 기분이었다. 전혀 예상하지 못한 순간에 인생이 끝난 것처럼 시간은 유한했다. 코끼리의 말이 맞다. 기약 없는 언젠가는 안 할 수도 있다는 뜻이다. 거리가 멀다는 것은 사실이기도 했지만 내가 정해놓은 한계였다. 버릇처럼 현재 상황에 맞춰 선을 그어버리는 것이다.

"네가 꼭 꿈을 이뤘으면 좋겠어!"

코끼리가 내게 의미심장한 이야기를 했다.

개미는 우리의 이야기를 듣다가 무언가 생각난 듯 자신의 이야기를 들려주었다.

"난 집에 가면 제일 먼저 맛있는 치즈를 먹을 거야. 내일은 아지트에 놀러 와서 너희와 야구도 하며 도란도란 이야기를 나눌 거야. 또 기회가 생긴다면 반드시 달에 갈 거야!"

그 상상만으로도 개미는 행복해 보였다. 개미는 스스로가 무엇을 좋아하는지 알고 있었고, 하고 싶은 것이 분명했다.

"달에는 왜 가고 싶은 거야?" 코끼리가 개미에게 물었다.

"그 이유는 비밀이야!"

개미는 어째서인지 이유를 말해주지 않았다. 그렇지만 중요한 것은 어둠 속에서 개미의 눈이 반짝였다는 것이다. 개미의 체구와 목소리는 작았다. 그렇지만 자신의 꿈과 행복에 대한 이야기를 들려줄 때, 모든 게 커 보였다. 이어 코끼리도 자신의 이야기를 들려주었다.

"나는 그림 그리는 것을 좋아해. 나만의 세상을 그려나가는 것이 즐겁거든. 나중에 크면 더 멋진 그림을 그리는 화가의 삶을 살고 있지 않을까. 그때는 나의 세상을 가장 멋지게 그려내고 담아낼 거야."

코끼리는 좋아하는 것과 하고 싶은 것이 일치했다. 그리고 자신이 좋아하는 것과 하고 싶은 것을 잘 알고 있었다.

"토토 너는?" 개미가 내게 질문했다.

나는 그 질문에 잠시 당황했다.

'나는 무엇을 좋아하지? 무엇이 하고 싶더라?'

나의 삶에서 그런 생각을 안한 지 오래라 바로 대답할 수 없었다. 모두가 나를 쳐다보며 대답을 기다리고 있었다.

그때였다.

"토토야!"

누군가 내 이름을 애타게 불렀다.

이곳에서의 나는 많은 사랑을 받고 있었다.

"어서 가봐! 너희 엄마가 데리러 왔나 봐."

코끼리가 계단을 가리키며 말했다.

'이곳에… 엄마가 있다고?'

엄마라는 소리만 들어도 가슴이 저미었다. 괜히 긴장돼 아래를 쓱 한번 쳐다봤다. 얼굴이 보이진 않았지만 낯익은 기운이었다. 천천히 오두막의 계단을 내려갔다. 그러다 조금은 빠르게.

드디어 엄마 앞에 섰다. 서서히 고개를 들어 얼굴을 바라보니 성숙하고 따듯한 분위기를 지닌 토끼가 보였다.

'맞다. 나는 토끼였지. 이분이 토토의 엄마 인가보다.'

그녀는 나를 보자 환한 미소를 지으며 포근히 안아줬다. 그 포옹에 알 수 없었던 혼란이 정리되고 안정감을 찾을 수 있었다. 내가 알던 엄마의 향기롭고 따스한 냄새가 났기 때문이다. 그래서일까. 왠지 엄마일지도 모른다는 생각이 들었다. 참 이상했다. 눈을 감고 가만히 있으니 정말 엄마라는 생각이 드니까. 나는 엄마가 너무 그리웠다. 두 번 다시 엄마를 놓치고 싶지 않아 그녀의 손을 꼭 잡았다. 그러고는 그녀와 함께 집으로 향했다.

 돌아가는 중간쯤, 아쉬운 마음에 뒤를 한번 돌아봤다. 그곳을 보고 있자니 꼭 어린 시절로 돌아간 듯했다. 나무 위의 아지트는 작고 아담했지만 온 우주를 담을 수 있었다. 그곳에는 친구, 우정, 꿈이 있었다. 지금 이 순간! 나는 알았다.

 내 영혼이 살아 숨쉬기 시작했다는 것을.

비밀의 다락방

꽃들이 활짝 핀 정원과 갈색 벽돌집이 보였다. 그곳은 토토의 집이었다. 집에 들어서자 엄마는 이 순간을 기다렸다는 듯이 맛있는 저녁 식사를 준비했다. 그녀는 풀과 당근을 주며 말했다.

"몸에 좋은 음식도 적당히 먹어야 해. 그렇지 않으면 도리어 탈이 날 수 있어."

오랜만인 잔소리가 왜 이토록 반가운지 눈물이 날 것 같았다. 그녀와 나는 식탁에 둘러앉아 함께 식사했다.

'진짜 토끼가 된 걸까?'

풀과 당근이 왜 이렇게 맛있는지. 내 입맛에 잘 맞았다. 엄마는 그런 나를 계속 지켜봤다. 괜히 찔렸다.

'토토가 아니라는 걸… 아는 걸까?'

식사하는 내내 그녀의 표정이 이상했다.

"어딘가 불편해 보이는데… 괜찮은 거야?"

그녀가 먼저 입을 열었다.

"네? 저는 괜찮은데요…." 나는 깜짝 놀라 대답했다.

"오늘은 꼭 우리 토토가 아닌 것 같아. 어제랑 너무 다른걸!" 역시 엄마는 눈치가 빠르다.

"어제는 어땠나요?"

문득 궁금했다. 토토의 어제 모습은 어땠을지.

"음… 우리 토토는 동화책을 보면서 주인공이 불쌍하다고 울기도 하고, 비가 오는데도 우비 입고 나가서 뛰어놀기도 하고, 맛있는 요리를 해달라고 조르기도 하고, 온종일 잔뜩 신이 났었지." 그녀는 옅은 미소를 지으며 대답했다.

'어제의 나는 꽤 활발했구나.'

왠지 밥을 먹는 내내 그녀가 계속 걱정할 것 같다는 생각이 들었다.

'웃어 보이자.' 나는 환한 미소를 지어 보였다.

적어도 이번에는 엄마를 속상하게 하고 싶지 않았으니까. 이상하게도 웃는 내내 볼 근육이 매우 어색했다. 토끼의 볼이 토실토실해서 그런 게 아니었다. 아주 오랜만에 웃었기 때문이다. 웃음도 마찬가지로 뭐든 자주 해야 자연스러운 법이다.

엄마는 따뜻한 손을 내밀어 나의 두 볼을 감싸 쥐었다.

"살다 보면 항상 웃는 얼굴일 수 없고, 솔직하게 감정 표현을 할 수 없을 때도 많아. 하지만 웃음만큼은 행복한 순간에 함께해야 해. 그게 아니라면 행복하고 싶을 때 필요한 거란다."

나는 최근에 언제 웃었더라. 진심으로 웃었던 적은 있었나. 어릴 적엔 항상 밝은 미소로 가득했다. 아무런 걱정과 근심 없이 모든 것에 낭만을 부여하기도 하며 하루하루 즐거운 나날을 보냈다. 하지만 어른이 되고 사회생활을 시작하면서부터 가까운 지인을 만나는 순간 외에는 웃음을 찾기 어려웠다.

'그래. 지금은 평화로운 세상에 왔다는 것을 기억하자.'

여기에서만큼은 행복할 수 있을 것만 같았다. 이번에는 내가 정말 행복해질 거라고 상상하며 엄마를 향해 웃어 보였다. 미소의 의미를 알았을까. 그녀도 온화한 미소로 대답해 줬다.

 나는 궁금한 게 생겼다. 그녀는 왜 평소의 내가 아니라 어제의 나와 비교한 걸까.

 "조금 전에요. 수많은 날 중에… 왜 하필 어제와 비교한 거예요?"

 "어제는 지난 삶의 열매란다. 호기심이 많은 걸 보니 이제야 우리 토토 같네."

 "열매요?"

 "그래. 열매! 어제는 지나간 삶의 최종 산물이야. 어제까지의 보고, 듣고, 느끼고, 배운 것들을 통해서 우리는 오늘을 살아가지. 지금의 나를 비교해야 할 대상이 있다면 그건 어제의 나뿐인 거야."

 나에게는 어제의 기억이 가장 힘든 과거다. 잊고 싶은 과거는 어떻게 해야 할까. 엄마에게 해결책이 있을 것만 같았다.

 "어제의 기억이 힘들다면 어떻게 해야 하나요? 모든 것을 잊고 새롭게 시작하면 될까요?"

 후회로 가득 찬 어제를 잊고 싶었다.

 "과거는 잊어야 하는 게 아니라 극복해야 하는 거란다. 그저 잊기만 한다면 어제의 반복된 삶을 사는 거야. 모두가 저마다의 아픔이 있지만, 그 아픔을 극복하면서 성장해."

 나는 엄마의 말을 듣고 곰곰이 생각해 봤다. 과거를 어떻게 극복할지에 대해.

  시간이 조금 지났을까. 하나의 식탁에 의자가 세 개라는 것을 알았다. 여기에는 우리 둘뿐인데… 왜 의자는 세 개일까. 그러고 보니 엄마가 있다면, 아빠도 있어야 하는 게 아닌가?

  "그런데 왜 우리 둘뿐이에요?"

  궁금함을 참지 못하고 질문했다. 그녀의 얼굴을 보아하니 꽤 곤란한 질문이었나 보다.

  잠시 뒤, 그녀는 내게 침착하게 설명해 줬다.

  "토토가 어릴 적에 아빠가 멀리 여행을 갔다고 했던 말 기억하지? 아빠는 곧 돌아올 거야. 그러니까 엄마를 믿어봐. 우리 토토! 오늘따라 아빠가 보고 싶은 거구나."

  이곳에서의 아빠는 멀리 떠났다. 엄마는 그 사실을 덤덤하게 이야기했다. 그녀의 말에는 슬픔이 느껴지지 않았다. 오히려 희망이 있었고 확신에 차 있었다.

  "아빠가 얼마나 토토를 사랑하는지 알려줄게. 목에 걸린 목걸이를 보렴."

  턱을 내리고 바라보니 정말 목걸이가 있었다.

  "네가 태어나고 아빠가 선물해 준 목걸이야. 세상에 단 하나밖에 없는 목걸이란다. 그것을 토토에게 줬다는 것은 토토가 정말 소중하다는 뜻이야."

  사랑받지 못한다고 생각했던 걸까. 그녀는 내게 아빠에 대한 이야기를 정성껏 들려줬다. 슬며시 목걸이를 바라보니 묘한 감정이 솟았다.

　식사를 마치고 엄마와 함께 이층으로 올라갔다. 문득 궁금했다. 내 방은 어떨지. 방으로 가기 직전, 왠지 모르게 눈길이 가는 곳이 있었다. 자물쇠로 굳게 잠가진 문이었다. 그 문은 이상했다. 마치 신비한 힘으로 나를 이끄는 것만 같았다.

　"저곳은 어떤 곳이에요? 문에는 왜 자물쇠가 채워져 있어요?" 엄마에게 물었다.

　"오래된 것들이 있는 방이야. 아빠가 떠날 무렵에 문이 잠긴 걸 알았단다. 그런데 꽤 오래전 일이라 나도 잊고 있었네."

　"소중하거나 특별한 것이 있나요?"

　그래서 문이 잠긴 것은 아닐까.

　"글쎄… 저기에 있는 무언가를 소중하거나 특별하게 생각한다면 정말 그렇게 되겠지."

　"아빠가 돌아오면 알 수 있을까요?"

　"열쇠가 있다면 그렇겠지."

　"엄마는 왜 저곳에 들어가지 않았어요?"

　"음… 결혼하고 나서 크고 작은 짐들을 옮겨 놓았던 게 다야. 우리 토토랑 함께 지내면서 저곳은 어느새 잊어버린 공간이 되어 버린 것 같네."

　"열쇠가 있어야만 들어갈 수 있겠죠?"

　"그렇단다. 열쇠를 갖고 있다면 들어갈 수 있을 거야. 그런데 지금은 열쇠가 없어서 열 수가 없단다."

그녀는 나의 손을 잡고 다시 방으로 향했다. 나를 부르는 것만 같은 그 공간. 무언가 생각이 날 듯 말 듯 했다.

어느 문 앞에 섰다. 방문에는 '토토의 작은 세상'이라고 적혀있었다. 이곳이 내 방인가 보다. 문을 열고 들어가자 그곳에는 어릴 적 내가 좋아하던 물건들로 가득했다. 정말 이곳은 내가 상상하는 대로 뭐든지 가능한 세계일지 모른다. 자신의 이상을 투영시키는 그런 곳일까?

후회에 젖은 채 생에 대한 미련으로 사후 세계에 가지 않기 위해 발버둥 치는 영혼들을 달래고, 타이르기 위해서 만들어진 곳일지도 모른다. 여러 생각을 해봤지만 정답은 없었다. 결론적으로 나는 지금 이 순간을 즐기기로 마음먹었다.

오랜만에 편안하고 포근한 침대에 누웠다. 잠이 들 때까지 그녀는 이런저런 얘기를 들려주었고, 잠이 올 무렵에는 자장가를 불러줬다. 점점 눈이 감겼다. 잠깐 잠이 들었고 그사이 꿈에서는 자물쇠가 보였다. 그 앞에서 나는 망설이고 있었다. 엄마는 조금 내려간 이불을 덮어주었고 혹시라도 내가 깰까 봐 조용히 방을 나갔다. 작게 닫히는 방문 소리와 함께 나는 얕은 잠에서 깼고 슬며시 눈을 떴다. 조금 전 꿈은 뭘까. 괜스레 잠이 오질 않았다.

잠시 후, 창문이 열려 있던 건지 커튼이 바람에 흩날렸다.

나는 창문을 닫기 위해 창가 쪽으로 향했다. 창문 너머로는 달빛이 환하게 비추고 있었다. 밤하늘의 달을 바라보자 순간 무언가 반짝하며 눈부실 정도로 빛이 퍼져 나갔다. 깜짝 놀라 눈을 감았다 떠보니 나의 가슴속에는 작은 빛줄기 하나가 스며들어 있었다. 그 빛은 눈앞으로 다가와 깜빡였다. 나와 마주하며 인사를 하는 것 같았다. 그러고는 내 주위를 빙빙 돌더니 문을 통과했다. 나에게 따라오라는 신호를 보내는 것 같았다. 나는 빛을 쫓아 방문을 열고 나갔다. 계속해서 따라가 보니 빛은 자물쇠가 채워진 문 앞에서 나를 기다리고 있었다. 그곳으로 천천히 다가갔다. 무언가 낯익은데 그게 무엇인지는 정확히 알 수 없었다. 그렇지만 이것만은 확실했다. 아주 중요한 것이 존재할 것만 같은 느낌.

  문 앞에 서자 긴장과 설렘으로 인해 요동치는 심장의 소리가 귀까지 들려왔다. 그것도 잠시 자물쇠를 보는 순간 맥이 풀려버렸다.
  '참. 자물쇠가 있었지? 이걸 어떻게 풀 수 있을까.'
  열쇠는 온 집안을 찾아도 없을 것만 같았다. 아쉬운 마음에 자물쇠를 손으로 살짝 만졌다.
  그 순간 마법처럼 자물쇠가 풀렸다. 대체 왜일까.
  무언가 이상했지만, 왠지 이곳에서는 가능한 일이라 생각했다.

문이 열리자 높은 계단이 보였다. 빛은 또다시 나를 이끌었다. 나는 계속해서 앞장서는 빛을 따라갔다. 계단을 다 오르자 빛에 주변만 살짝 보일 뿐이었다. 공간은 전혀 보이지 않았지만 느낌으로 알 수 있었다. 두렵고 무서운 마음보다는 낯익은 기분이라는걸. 불을 켜기 위해 벽 쪽에 스위치를 찾았지만, 손에 만져지는 것은 없었다. 내 모습을 지켜보던 빛은 위로 올라가 천장을 밝혔다. 천장을 보니 전구가 있었다. 전구를 켜자, 이곳의 비밀스러운 정체가 드러났다.

귀엽고 작은 전구들이 하나로 연결되어 온 사방에 은은한 주홍빛이 들어오고 있었다. 한편, 이곳에 쌓인 먼지를 보자 얼마나 오랫동안 방치된 곳인지 알 수 있었다. 골동품처럼 보이는 오래된 것들로 자리 잡은 다락방이었다. 대개 오래된 것들은 익숙하고 친숙하다. 그리고 추억이 깃들어 있다. 제법 이 다락방이 마음에 들었다.
 다락방은 공간이 작아 금방 둘러볼 수 있었다. 벽에 붙여진 가족사진을 보니 작은 전시회장에 온 것 같았다. 액자 속 사진에는 토토 가족의 행복한 모습이 담겨 있었다. 사진은 참 묘했다. 짧은 순간을 담아냈지만, 그 시절의 감성이 온전히 전해졌으니까. 시간의 흐름에 따라 달라진 가족의 삶도 유추할 수 있었다.
 누군가 눈에 들어왔다.

'이분이 토토의 아빠구나!'

  사진 속 그의 눈은 매우 반짝였다. 토토의 엄마는 지금보다 훨씬 빛나는 모습이었다. 어린 시절 토토의 사진도 보였다. 해맑은 미소와 함께 세상에서 제일 행복해 보이는 모습이었다. 토토와 나의 영혼이 연결되어서일까. 그 모습을 바라보는데 무척이나 행복했다.

  우리는 오래된 것들을 잊고 지낸다. 하지만 시간이 지나도 소중한 추억은 절대 잊히지 않는다. 때때로 삶에 지쳤을 때, 다시 꺼내 볼 수 있다면 언제 울적했냐는 듯 금세 행복을 되찾을 수 있다.

        과거 속 나쁜 기억을 극복하고
        추억 속 좋은 기억을 떠올리며
        지금의 나는 더욱더 강해진다.

낡은 상자 속

빛은 내 앞으로 다가와 자신을 따라오라는 듯 또다시 어딘가로 향했다. 그곳에는 낡은 보물 상자처럼 보이는 아주 오래된 상자 하나가 있었다. 상자 뚜껑을 들어 올리려고 안간힘을 써봐도 상자는 열리지 않았다. 왠지 그냥은 열릴 것 같지 않았다. 좀 전의 자물쇠처럼 손을 대면 열릴 것으로 생각했지만 이번에는 그 마법이 통하지 않았다.

다시 한번 간절한 마음으로 상자 열쇠 구멍에 손을 대보았지만 확실히 이 방법은 아니었다. 이거야말로 진짜 열쇠가 필요한 것 같았다. 혹시 이곳 어딘가에 열쇠가 있는 걸까. 주변을 두리번거리며 이곳저곳 살펴보았다. 그때 방안을 돌고 있던 빛이 내 곁으로 다가왔다. 그러더니 이번에는 나의 목걸이 안으로 들어갔다.

잠시 동안 목걸이를 살펴보니 황금색 열쇠 하나가 펜던트처럼 달려있었다. 설마 하는 마음으로 목걸이에 있는 열쇠를 상자 구멍 안으로 넣었다.

철컥. 소리와 함께 잠겼던 상자가 열렸다. 조심스레 상자를 들어 올리자 빛은 내 몸 안으로 다시 들어왔다. 상자 안에는 카메라, 사진 앨범, 일기장, 편지 등 추억이 깃든 물건으로 가득 차 있었다. 아직 어떤 것을 펼쳐본 것도 아닌데 벌써부터 추억이 고스란히 전해지는 것 같았다. 뭐랄까. 아주 오랫동안 잊고 지냈던 감정들을 되찾은 기분이었다. 사진 앨범을 하나씩 꺼내 보다 보니, 그 아래 여러 권의 일기장이 보였다.

그중에 눈에 띄는 한 권을 꺼내 읽어보았다. 그것은 아빠의 일기장이었다. 아빠는 결혼한 후에도 자신의 꿈에 대한 고민이 많았던 것 같다. 그의 마음을 들여다보니 어느새 밤이 깊어 가고 있었다.

대대로 토끼 가문은 달과 깊은 연이 있다. 그 호기심으로 오로지 그곳에 가겠다는 생각뿐이었다. 아내에게 함께 가기를 권했지만, 아내는 토토를 임신 중이라 함께 갈 수 없다고 했다.
 다만 나에게 조심히 잘 다녀오라는 말을 건넸다. 아내를 두고 가는 것이 이내 마음에 걸렸지만, 빠르게 다녀오면 된다고 생각했다. 그녀에게 기다려달라는 부탁을 하고 떠날 준비를 하였다. 이제 그토록 원하던 달을 향해 떠난다. 매우 긴장되고 설렌다.
- 아빠의 일기 중에서 1

겨우 달에 도착할 수 있었다. 도착한 그곳에서는 놀라운 광경이 펼쳐졌다. 내 눈앞에는 방아 찧는 토끼가 있었다. 전설 속에서만 나오던 그가 정말 존재했다. 나는 떨리는 마음을 담은 채, 그리웠던 가족 품으로 돌아왔다.
 내가 본 것을 다른 이들과도 나누고 싶어 방아 찧는 토끼에 관해 이야기하였다. 하지만 그 누구도 나의 말을 믿어주지 않았다. 오직 아내만이 믿어줬다. 아내는 궁금한 이것저것을 물어보았다. 이를테면 달은 얼마만큼 큰지, 그곳에는 누가 사는지, 어떤 일들이 있었는지 등등이었다. 나는 신이 나서 내가 기억하는 모든 것을 얘기해 주었다. 그 순간 아내의 눈이 반짝이는 것이 보였다.

그때 아내에게 가장 큰 미안함을 느꼈다. 사실 나보다 먼저 달에 대한 관심을 가졌던 것은 아내였기 때문이다. 아내는 지금도 태어난 토토를 돌보느라 정신이 없다.

- 아빠의 일기 중에서 2

시간이 흐를수록 달에 대한 마음은 더욱 커졌다. 그 환상에 대한 그리움을 떨칠 수가 없었다. 아직도 방아 찧는 토끼의 말이 생각난다. 모든 것은 변하고 있다고. 그는 이제 나이가 들어 방아를 찧을 수 없다고 했다.

어느 순간부터 달에는 수많은 편지가 도착했고, 그 편지들로 넘쳐나 이제는 우편 업무를 해줄 이가 필요하다는 흥미로운 이야기를 들려줬다. 편지에 담긴 누군가의 간절한 마음이 달에 도달하고, 그것이 이루어질 때면 달빛의 색이 변한다고도 했다. 이를테면 골드, 실버, 옐로, 블루, 레드, 핑크빛으로 물든다는 것이다. 각각 성공(골드), 건강(실버), 꿈(옐로), 희망(블루), 열정(레드), 사랑(핑크)을 상징한다고 했다.

집에 온 나는 계속 그의 말이 머릿속에 맴돌았다. 나의 고민을 가장 먼저 눈치챈 아내는 나에게 무슨 고민이 있는지 물어보았다. 아내의 물음에 나는 솔직하게 털어놓았다. 그녀가 화를 낼지도 모른다고 생각했지만, 아내는 나의 두 눈을 바라보며 손을 잡아주고 꼭 안아줬다. 그러고는 내가 달에 갈 수 있도록 채비를 도왔다. 나의 꿈을 응원해 준 그녀에게 진심으로 고마웠다.

 하지만 한편으로는 이런 생각도 들었다. 내가 너무 이기적인 건 아닐까? 먼 훗날 시간이 흘렀을 때, 토토는 나를 알아볼 수 있을까?

- 아빠의 일기 중에서 3

 다음 장으로 넘겨보지만, 그 내용을 끝으로 더 이상의 일기장은 없었다. 나는 서둘러 다른 일기장을 살펴보았다. 이번에는 엄마의 일기장이 눈에 들어왔다. 느낌이 이상했다. 내가 모르는 부모님의 과거를 알게 되면 이런 기분일까? 이 케케묵은 상자를 파헤쳐 갈수록 몰랐던 진실과 맞닿을 수 있었다.

 어릴 적부터 달에 대한 궁금증이 많았다. '이다음에 커서 꼭 달에 가야지.' 이게 나의 꿈이었다. 허황된 꿈이라고 누군가 이야기했지만 나는 전혀 개의치 않았다. 그건 나만의 꿈이니까! 어느덧 어른이 되어 지금의 남편을 만나 사랑을 알게 되었고, 예쁜 가정을 이루었다. 또한 그 결실로 소중한 토토를 얻게 되었다. 하늘이 내게 준 축복의 선물이었다. 토토를 생각할 때마다 나의 어릴 적 꿈은 점점 잊혀 갔다. 이제는 토토가 나의 꿈이 되었기에.

- 엄마의 일기 중에서 1

 어느 날, 남편이 달에 가고 싶다고 이야기했다. 사실 남편과는 처음부터 공통점이 참 많았다. 취미도 취향도 비슷했다. 심지어 꿈도… 그가 어렵게 이야기를 꺼냈을 때, 함께 가고 싶은 마음이었지만 토토가 너무 어려서 함께 갈 수 없었다. 내 삶의 우선순위는 완전히 바뀌었으니까. 나는 남편을 사랑한다. 그만큼 그의 꿈도 사랑한다. 그저 내가 해줄 수 있는 것은 따뜻한 격려와 응원뿐이었다.

그를 너무 잘 알기에 조심해서 다녀오라는 마음을 전했다. 아마 돌아온 후에도 그는 다시 그곳에 갈지 모른다. 토토가 아빠의 빈자리를 느낄 수 없도록 더 많은 사랑으로 채워줄 것이다.

우리 토토 건강하고 씩씩하게 커야 해!

- 엄마의 일기 중에서 2

일기를 다 읽고 나자 마음 한편이 아련해졌다. 정확히 무엇 때문인지는 모르겠다. 부모님의 꿈에 대해서는 생각해 본 적이 없기 때문일까. 우리 부모님의 꿈은 뭐더라? 대체 꿈은 무엇이길래 삶에 이토록 엄청난 영향을 주는 걸까? 생각이 많은 밤이었다.

토토의 엄마는 꿈을 뒤로한 채 많은 것을 희생하고 헌신했으며, 아빠는 꿈을 찾아 떠났다. 난 그가 달의 우체부가 되었을지가 무척이나 궁금했다. 더욱이 개미가 말한 달의 우체부가 토토의 아빠인지 꼭 확인해야 했다. 그리고 그를 만나면 꼭 묻고 싶은 말이 있다.

나는 당장 그를 만나러 달에 가야겠다는 생각뿐이었다.

'그래. 지금이야!'

그 순간 가슴속에 빛이 더 깊게 들어와 자리 잡는 것을 느낄 수 있었다. 이전과는 달리 빛이 조금 더 커졌다. 내가 선명해진 기분마저 들었다. 거울을 보자 어느새 흐트러진 선에서 뚜렷한 형태로 변해있었다. 나는 토토와 하나가 되었다.

의식이 깊어지자, 비로소 나의 모양을 찾을 수 있었다.

노란 편지 봉투

상자 안에는 달에 가는 방법이 있을 것만 같았다. 단서가 있을지도 모른다는 생각에 샅샅이 찾아보았다. 상자 속에 있는 물건들을 전부 꺼내자, 상자 바닥에는 묘한 느낌의 노란색 봉투 하나가 놓여 있었다. 그 봉투 겉면에는 아무것도 적혀있지 않았다. 누가 누구에게 보낸 건지 어떠한 정보도 적혀 있지 않았다. 그렇지만 무언가 특별한 것임은 틀림없었다.

노란색 봉투를 열자, 안에는 평범해 보이는 편지가 들어있었다. 그 편지를 꺼내려고 하자, 봉투 안의 편지가 저절로 나와 펼쳐졌다. 나는 깜짝 놀라 뒤로 넘어졌다. 펼쳐진 편지는 그런 내 앞으로 다시 다가왔다. 편지 상단의 가운데에는 강렬하게 빛나는 초승달 문양이 보였다.

지금, 꿈을 꾸는 당신에게

20년 전, 처음 당신이 보내온 마음을 기억해요. 당신이 진정으로 무언가를 갈망했던 그 순간을 다시 기억한 것만으로도 기쁩니다. 어른이 된 당신의 소원은 하루하루를 잘 버티게 해달라는 거였어요. 그러나 이제 당신은 잊고 있던 것을 기억해 내어 빛을 좇고 있네요.

당신의 모양을 찾았다면, 잃어버린 색을 찾아보세요.

반드시 기억하세요. 당신의 색을 찾아야만

달에 입장할 수 있다는 것을. 이제 당신은 선택해야만 해요.

30년이 걸리지만 달에 무사히 도착할 수 있는 기차와 방향은 알 수 없지만 빠르게 도착할 수 있는 반쪽의 지도. 이 둘 중, 하나를 선택하세요. 그럼 달에서 기다릴게요. 행운을 빌어요.

  편지를 다 읽고 나니 초승달 문양은 보름달로 바뀌어 있었다. 어떠한 신호가 느껴지는 것만 같아 보름달 문양을 지그시 바라봤다. 그러자 노란 편지 봉투가 강렬하게 흔들리기 시작했다.
  나의 손길이 닿자 봉투가 열렸다. 반쯤 찢어진 지도와 기차표가 어느새 손에 쥐어졌고, 노란 편지 봉투는 눈앞에서 마법처럼 사라졌다. 지금 내 손에는 두 가지 선택지가 들려 있다.

우리는 늘 선택의 갈림길에 서게 된다.
삶은 선택의 연속이다.

여행의 시작

날이 밝아오자 떠날 채비를 했다. 달에 가야만 했고, 달의 우체부를 만나 반드시 확인해야 할 것이 있었다. 이번 여행은 그로부터 시작되었다.

　아침 식사 후, 잠시 여행을 떠나야 한다고 엄마에게 이야기했다. 그녀는 이미 알고 있었다는 표정이었다. 그러고는 미리 준비해둔 가방 하나를 건네주며 넓고 따듯한 품으로 안아주었다. 잠시 동안 그 어떤 말도 하지 않았지만, 그녀의 마음과 따듯한 에너지가 전해졌다. 한참을 꼭 안아주던 엄마는 귓속말로 속삭였다.

　"누구나 자신을 찾아야 하는 순간이 온단다. 지금이 바로 그때야." 가장 사랑하는 사람이 나를 응원해 주는 것은 축복이다. 그녀는 차례대로 옷매무새와 목걸이를 매만지고는 나의 눈을 그윽하게 바라봤다. 잠시 뒤에 엄마는 고개를 끄덕이며 신호를 보냈다. 이제는 정말 앞을 향해 나아가야 했다.

　나는 뒤돌아서 새로운 세상을 향해 첫걸음을 내디뎠다. 한 걸음씩 천천히 걸었는데도 꽤 멀리 온 듯싶었다. 나는 무언가를 놓고 온 것과 같은 마음에 뒤를 돌아봤고, 엄마는 아직도 그곳에 서 있었다. 그녀는 나를 봤는지 손을 번쩍 들어 흔들어줬다. 나도 두 팔을 들어 올려 있는 힘껏 흔들었다. 멀리 떨어져 있었지만 미소 짓는 그녀의 표정이 보이는 것 같았다.

　마음은 참 이상하다. 곁에 있을 때는 그 소중함을 모르는데 이렇게 멀어지니 그 소중함과 애틋함이 밀려온다. 나는 다시 엄마에게 달려갔다. 영문을 모르는 그녀는 눈을 끔벅였다. 나는 엄마의 두 손을 잡고 말했다.

"곁에 있을 때의 소중함을 느끼고 싶었어요. 이제 됐어요. 이 소중함. 절대 잊지 않을게요!"

내가 놓고 온 것은 소중함이었다. 새로운 시작에는 이전의 어떠한 미련도 있으면 안 된다. 이제 나는 시작할 준비가 되었다.

앞으로 나에게는 어떠한 일이 생길까? 미지의 세계는 두려움과 긴장감이 존재한다. 분명 실패가 따를 것이고 힘든 순간도 찾아올 것이다. 그렇게 생각 하니 오히려 마음이 가벼워졌다. 생각이 바뀌자 조금씩 설레기 시작했다. 무엇보다 그 설렘은 온전히 나를 위한 것이었다. 심장의 두근거림이 커지고, 가슴속의 빛 또한 존재를 뽐내듯 천천히 깜빡였다. 빛은 그 어느 때보다 밝게 빛났다.

　　이 빛이 나에게 온 이유가 분명 있을 것이다.

느린 기차 vs 반쪽 지도

지금 내 손에는 기차표와 지도가 있다. 언제나 옳은 선택은 없다. 모든 선택에는 장, 단점이 존재하니까. 가치를 어디에 두냐에 따라 선택이 극명해진다. 기차를 선택하면 편안함과 안전함이 보장되지만 30년 후쯤이나 달에 도착할 수 있다. 반면 찢어진 지도는 위치가 모호하고 안전이 보장되지 않지만, 운이 좋다면 빠르게 도착할 수 있다.

어느새 내 앞에는 양 갈래의 길이 펼쳐졌다. 선택의 순간이 다가왔다. 나는 기차역으로 향하는 길 앞으로 다가섰다. 저 멀리서 기차 소리가 들려오자 마음이 조급해졌.

'이게 맞는 선택일까?' 침착하게 생각했다. 중도에 내리지만 않는다면 불편함 없는 안전한 여행이 될 것이다. 또한 도착이 보장되어 있다. 그렇지만 30년이란 긴 세월 동안 나는 무엇을 느낄 수 있을까? 무엇을 보고 느끼고 배우게 되는 걸까? 아마 기차가 안내해 주고 보여주는 세상만 보게 되겠지. 내가 원하는 것과 좋아하는 것들은 볼 수 없을 것이다.

'자그마치 30년이라니.'

30년 후에 달에 간다면 그게 무슨 소용일까? 생각만 해도 아찔했다. 실패하더라도 좋으니 나다운 모험을 하자고 생각했다. 나는 기차역으로 향하는 길목 앞에 기차표를 내려놓았다. 그러고는 찢어진 반쪽짜리 지도를 꺼내 보았다. 지도에서 알 수 있는 것이라고는 대충 짐작되는 방향이었고, 달에 갈 수 있는 방법은 그 호숫가를 찾아가는 것뿐이었다. 이름 모를 호숫가에 도착해야만 한다.

 나는 두 갈래의 길 중에 기차역과 반대되는 길을 향해 걸어 나갔다. 출발점은 같지만, 도착점은 다르다. 때마침 저 멀리 기차가 떠나는 게 보였다. 언젠가는 이러한 선택에 의심이 들 때도 있겠지만, 나답게 선택했기에 후회는 없었다. 때로는 직관을 따를 용기도 필요하다. 이게 나의 첫 번째 선택이다.

선택은
지금의 내 모습을 닮기도 하고
나의 모습을 만들어 가기도 한다.

낯선 곳에서의 하룻밤

계속 걷다 보니 어느덧 깜깜한 어둠이 찾아왔다. 밤하늘에는 수많은 별과 푸른 달이 놓여 있었다. 꼬르륵. 뱃속에서 신호를 보내왔다. 저곳에 갈 수 있을 거라는 희망도 잠시 현실은 배고픔이 먼저였다. 잠깐 멈춰 서니 이번에는 다리가 점점 아파왔다. 나는 쉬어갈 곳이 필요했다.

주변을 둘러봤지만, 온통 어두컴컴했기에 조금 더 앞으로 걸어 나갔다. 그러자 언덕 너머로 불빛이 보였다. 왠지 저곳에서 쉬어 갈 수 있을 거라는 생각이 들었지만, 갑작스레 두 가지 감정이 교차했다.

두려움과 설렘은 공존할 수 있을까. 나의 마음속 두근거림에 잠시 고민했다. 두렵다면 돌아갈 것이고, 설렌다면 앞으로 나아갈 것이다. 나는 주저 없이 앞을 향했.

불빛이 있는 곳에 도착해보니 고즈넉한 분위기의 통나무집이 보였다. 나는 문 앞에 서서 노크했다. 똑똑.

"실례합니다."

인사를 건넸지만 문 너머로 들려오는 소리는 없었다.

자세히 보니 문에는 안내문 하나가 붙어있었다.

이곳은 모두를 위한 공간입니다. 편안히 쉬다 가세요.
다만 그 어떤 것도 책임지지 않습니다.

안내문을 읽은 후 조심스럽게 문을 열었다. 끼익.

통나무집은 문이 잠가져 있지 않았다. 안에 들어가 살펴본 내부 구조는 마치 게스트하우스 같았다. 방 안에는 이층 침대 네 개가 각각 배치되어 있었다. 창가 쪽 가까이에 있는 침대로 다가가 짐을 풀었다. 창가에는 푸른 달빛이 들어오고 있었다. 달을 보고 있자니 어느새 혼자라는 생각은 사라졌다.

 꼬르륵. 다시 배고픔이 느껴졌다. 가방을 열어보니 엄마가 이것저것 꼼꼼하게 챙겨준 것 같았다. 그런데 가방이 흔들려서일까. 가방에서 꺼낸 치즈는 반쯤 먹다 만 모양이었다. 배고픔에 크게 한입 먹자, 그나마 허기를 달래주는 것 같았다. 가방에 다른 음식은 없는지 찾아보다 예쁘게 접힌 하얀 종이를 발견했다. '이게 뭐지?' 종이를 꺼내 들어 펼쳐보았다.

 그것은 엄마의 편지였다.

  이 세상에 단 하나뿐인 토토에게.
 어느덧 이렇게 커서 엄마의 품을 벗어나 더 큰 세상으로 나아가는 날이 왔구나. 사실 엄마에게도 큰 꿈이 있었단다. 그 꿈은 크고 작은 이유로 인해 멈춰버렸지. 하지만 그 과정에서 또 다른 꿈을 꾸고, 배우며, 새로운 경험을 할 수 있었단다. 그런데 엄마의 그 큰 꿈 말이야! 실은 단 한 번도 포기한 적이 없단다. 이제 엄마도, 엄마의 꿈을 시작하려 해. 우리 서로 응원해 주자! 자신을 찾아가는 여정은 굉장히 멋진 일이란다. 원하는 것을 하나씩 하다 보면 좋아하는 것이 생기고, 또 그러다 보면 어느덧 네가 진정으로 바라는 게 무엇인지 알게 된단다. 때로는 어쩔 수 없는 상황들 속에 놓이고, 흔들리는 순간이 찾아올 때도 있겠지. 그런 순간에는 늘 초심으로 돌아가 보렴. 자신의 길이 옳다고 여겨진다면 끝까지 믿어야 해. 너의 길에는 틀린 것은 없고, 잘못된 것은 더더욱 없단다. 너무 힘들 때는 숨 한번 쉬고 다시 가는 거야. 그러니 포기하지 말고 계속해서 앞으로 나아가렴. 가장 중요한 것은 어떤 순간에서든 네 마음속에 귀를 기울여야 하는 거야. 기억해! 끝까지 너를 믿어줄 사람은 오직 자신뿐이라는 걸.

편지를 다 읽고 나자 눈시울이 붉어졌다. 편지 안에는 엄마의 속마음과 꿈, 토토에 대한 응원의 메시지가 담겨있었다. 나는 그녀의 진심 어린 조언과 응원에 용기가 났다. 그녀가 나를 응원해 주는 것과 마찬가지로 나도 그녀의 꿈을 응원해 주고 싶었다. 이제는 각자의 꿈을 펼칠 수 있는 그런 멋진 시기가 된 것이다.

내가 원하는 것을 향하는 첫걸음은 생각보다 큰 용기가 필요했다. 혼자서는 제법 감내할 것들이 많기에.

그렇지만 그 시간은 나를 더욱더 단단하게 만들어 줄 것이라 믿는다. 많은 것들을 경험하고, 배우고, 비워내고, 채우도록 도와줄 것이다. 밤하늘을 보니 이상하게도 자꾸만 엄마 생각이 났다. 그저 엄마를 떠올리는 것만으로도 가슴이 벅차올랐다. 넘쳐흐른 눈물 한 방울을 손으로 쓱 닦아내자 어디에선가 바스락거리는 소리가 들렸다.

'이게 무슨 소리지? 여기에는 나 말고 아무도 없는데….'

왠지 무서워졌다.

그때 바지 주머니에서 무언가 불쑥 튀어나왔다.

아악. 너무 놀라 소리를 지르고 보니 내 앞에는 다름 아닌 개미가 서 있었다.

"어떻게 된 거야? 네가 왜 여기에 있는 거야?"

개미의 등장에 깜짝 놀랐다.

"오두막에서부터 널 따라갔어."

개미는 배시시 웃으며 말했다.

"뭐라고? 오두막에서부터?" 나는 듣고도 믿기지 않았다.

"그때 너를 보고 알았어. 네가 곧 달에 갈 것이라는 걸."

"왜 진작 말 안 했어?"

"그야… 안 데려갈 수도 있으니까!"

나는 예상 밖의 개미의 말에 그만 피식하고 웃어버렸다.

"왜 달에 가려고 하는지 물어봐도 돼?"

개미가 무엇 때문에 달에 가는 것인지 궁금했다.

"토토, 네가 비웃을지도 몰라! 달에 도착하면 말해줄게. 그때까지는 비밀이야. 참! 기차를 선택하지 않아서 다행이었어. 하마터면 큰일 날 뻔했네."

개미는 꽤 도전적이고, 반전 있는 친구였다. 얼떨결에 동행

하는 친구가 생겼다. 혼자도 좋지만, 함께 갈 수 있는 친구가 있기에 두 배로 재미난 일이 생길지도 모른다고 생각했다. 우리의 목적지는 같았고 서로를 위한 버팀목이 될 것만 같은 예감이 들었다.

 나는 개미가 배고플지도 모른다는 생각에 남아 있는 치즈를 건넸다. 그러나 돌아오는 개미의 대답은 이미 배부르게 먹었다는 것이었다. 치즈가 반쪽만 남았던 것은 가방이 흔들려서가 아니라 개미가 먹은 거였다. 누군가와 함께 하는 여행의 묘미가 벌써 전해졌다.

  혼자 나아가면 배움이 배가 되고
함께 나아가면 에너지가 배가 된다.

불청객들

개미와 나는 피곤했는지 금방 잠이 들었다. 자정 무렵 어디선가 시끌벅적한 소리가 들려와 잠에서 깨어났지만, 언제 그랬냐는 듯 주변은 고요해졌다. 다시 잠을 청하려는데 문을 두드리는 소리가 들렸다. 똑똑.

나처럼 이곳에 묵어야 하는 누군가 온 것이다. 안에서 인기척이 없다고 느꼈는지 벌컥 문을 열었다.

"앗 깜짝이야!"

문 여는 소리에 곤히 자고 있던 개미가 깜짝 놀라 소리쳤다. 물론 개미의 목소리는 나에게만 들렸다. 문 앞에는 한 사람이 아닌 여러 사람이 서 있었다.

'세상에! 사람이라니? 이 동화 속 세상에도 사람이 있구나.'

나는 이곳에서 사람을 처음 만났다. 그래서일까. 문득 어떤 사람들인지 궁금했다. 개미도 이곳에서 사람을 처음 본 눈치였다. 사람들은 짐을 풀고 밖으로 나갔다. 그들 중 통나무집에 남아있던 여자가 내게 다가와 물었다.

"같이 캠프파이어 할래요?"

"이곳에서 캠프파이어를 하나요?"

나는 갑작스러운 제안에 놀랐다.

옆에서 신이 난 개미는 내게 말했다.

"캠프파이어? 너무 낭만적이야. 꼭 해보고 싶어. 토토야, 우리도 같이하자!"

"모닥불을 피우고, 이런저런 이야기도 나누고, 즐거운 시간을 보낼 수 있을 거예요. 함께 하면 좋잖아요!"

그녀의 말을 들은 개미는 무척이나 들뜬 표정이었다. 그 표정을 보고 있자니 개미와 좋은 추억을 만들고 싶었다.

잠시 뒤, 문을 열고 나가자 모락모락 피어오르는 모닥불이 보였다. 모두가 동그랗게 둘러앉아 타오르는 불꽃을 향해 시선을 고정했다. 타닥타닥. 장작 타는 소리를 가만히 듣고 있자니 몸과 마음이 편안해졌다. 다들 한동안 말없이 각자 불꽃을 바라보며 자신만의 생각에 잠겨있었다.

그러던 중 내게 말을 걸어왔던 여자가 사람들에게 인사를 건넸다. 그제야 여기에 모인 사람들이 일행이 아닌 각자 다른 목적으로 방문한 것임을 알게 되었다.

나는 둘러앉은 사람들을 한 명씩 바라보았다. 그들은 제각각 눈에 띄는 특징을 갖고 있었다. 이곳에 모인 사람들이 한눈에 어떤 사람인지를 알 수 있었다. 부자, 이야기꾼, 떠돌이, 욜로족, 꼰대, 그러나 마지막 한 사람은 음침한 기운이 감도는 것 외에는 뭔가 설명할 수 있는 특징이 없었다.

"다들 직업이 뭐예요?"

이야기꾼으로 보이는 여자가 질문했다.

그러자 부자로 보이는 사람이 제일 먼저 말했다.

"저는 성공한 사업가입니다."

나의 어깨에 앉아 이야기를 듣던 개미는 무언가 이상하다는 듯이 말했다.

"왜 처음 만난 사람들에게 직업을 물어보는 거야?"

개미의 질문에 대해 생각해 봤다. 그러고 보니 사람들은 누군가를 소개받을 때, 어떤 사람인지가 아닌 직업이 무엇인지에 대해서부터 궁금해한다. 또한 자기 자신의 직업보다 남의 직업에 왜 그토록 관심이 많은 건지 의문이 생겼다. 물론 개미의 말은 나에게만 들렸다. 개미에게 해줄 답변을 생각하는데 이야기꾼이 사업가에게 다시 질문하였다.

"무엇을 해서 성공했나요? 많은 시간이 걸리지 않나요?"

"저는 사람들에게 필요한 것 중 하나를 개발했고, 그것을 통해 많은 돈을 벌었어요. 물론 짧은 시간 내 이뤄진 게 아니었어요."

"그럼, 그게 당신의 꿈이었나요?"

"성공하고 싶었고, 돈을 많이 벌고 싶었어요. 어쩌면 그게 꿈이었겠네요."

"당신은 행복한가요?"

"성공했으니 행복하다고 볼 수 있죠. 원하는 것은 뭐든 할 수 있으니 남들보다는 훨씬 행복하지 않을까요?"

그에 말에 몇몇은 부러워했다. 원하는 것을 이뤘다면 그건 성공이다. 또 원하는 것을 할 수 있다면 그건 행복에 가까울 것이다. 그러나 원하는 것은 일시적인 만족일 뿐, 지속적인 만족을 주지 못한다. 오히려 사람들은 좋아하는 것에서 행복을 얻는다. 부자에게는 원하는 것과 해야 할 일만 있었다. 꿈이라는 단어보다는 성공이라는 단어가 그와 어울렸다. 부자의 겉모습은 화려했지만 내 눈에는 빛나지 않았다.

이번에는 떠돌이가 자신을 소개했다. 그리고 이야기꾼은 계속해서 여러 가지를 물었다.
"저는 여행자입니다."
"어떤 여행을 하고 있나요?"
"세계 여행을 하고 있어요."
"여행을 하는 이유는 무엇인가요?"
"저는 호기심이 많아요. 그래서 새로운 곳에 가는 것을 좋아합니다."
"그럼, 여행자가 되는 게 꿈이었나요??"
"아니요! 우연히 여행을 떠났다가 계속해서 여행하게 되었어요!"
"다음 목적지는 어디인가요?"
"목적지는 없어요. 늘 마음이 가는 대로 갑니다."
"당신은 지금 행복한가요?"
"여행하는 순간만큼은 행복하죠!"
"여행을 안 한다면요?"
"글쎄요… 그건 생각을 안 해봤는걸요."

그는 여행에 별다른 생각이 없어 보였다. 여행이란 단순하지 않다. 낯선 것으로부터 배우기도 하고, 무거운 짐을 내려놓으며 비워내기도 하고, 삶에 대한 열정을 되찾을 수도 있다. 또 온전한 휴식을 취할 수도 있다. 여행에서 돌아온 후에는 새롭게 시작할 힘을 얻기도 한다. 인생은 여행이고 꿈은 목적지와도 같다. 목적지 없는 여행은 없다. 만약 여행에 대한 목적이 없다면, 이곳저곳 정처 없이 떠돌아다닐 뿐이다. 그것은 자신의 삶에 책임을 지지 않는 것이다.

이번에는 욜로족이 말했다.
"저는 회사원이에요."
"회사원이 꿈이었나요?"
"아니요! 그렇지만 하루하루 만족스러운 삶을 살고 있어요! 불안한 미래에 갇혀 있지 않고 소소한 행복으로 채워가고 있으니까요."
"그렇군요. 그럼 지금 행복한가요?"
"네. 저는 제 삶에 만족합니다. 저만의 스트레스 해소법도 알고요. 퇴근 후 맥주 한 잔이면 모든 게 해소돼요! 저를 위한 선물도 잊지 않고요. 주말이 되면 마음이 맞는 사람과 힐링을 위한 여행을 떠나기도 하죠! 저만의 작은 행복을 즐기고 있어요. 앞에서 작은 행복이라고 이야기했지만, 사실 저에게는 가장 큰 행복이기도 해요."

누군가에게는 미래의 꿈보단 지금의 현실이 중요할 수 있다. 또 누군가에게는 작은 행복이 큰 행복일 수도 있다. 회사원이 지금, 현재, 오늘이라는 소중함을 가장 잘 알고 있을지도 모른다. 매일 충실히 살아가는 것은 바람직하지만, 어려운 일이기 때문이다. 그런데 그는 중요한 걸 놓치고 있었다. 내일이 없는 오늘은 다음이 없기 때문이다. 어쩌면 하루하루가 소소한 행복의 반복일지도 모른다.

다음은 이야기꾼이 자신을 소개했다.
"전 심리상담사입니다. 저는 타인을 위해 일을 하죠. 그것은 보람된 일이에요! 타인의 삶을 돕는다는 것은 큰 의미가 있으니까요."
회사원이 질문했다.
"그럼 자신을 위해서는 무엇을 하나요?"
"사실 저를 위한 시간은 많이 없어요. 소명을 다하기 위해 살아가고 있으니까요. 어려움을 겪고 있는 사람들은 매우 많아요. 그들을 위해 일하고 싶어요."
"소명을 위한 일을 하면 행복한가요?" 사업가가 물었다.
"물론이죠!"
이타적인 사람들은 아름답다. 아무나 이타적일 수 없듯 그들에게는 특별한 능력이 있다. 모든 것을 포용할 수 있는 능력이다. 그만큼의 에너지를 갖고 있기에 가능한 것이다.

하지만 에너지의 균형이 무너지게 되면 매우 위험하다. 그녀는 자신을 돌보는 것에는 소홀했다. 그녀가 말한 소명은 삶의 이유와도 같지만, 삶이 특정 한 가지에만 치우치게 된다면 언젠가는 지칠 수 있다. 그 순간이 찾아오면 그녀는 자신에 관해 깊게 생각하게 될 것이다.

다음은 권위적으로 보이는 어르신이 입을 열었다. 어쩌면 꼰대라는 표현이 가장 정확할지도 모른다.
"다들 꿈과 행복에 대해 뭘 안다고."
그는 타인과 대화할 생각이 없어 보였고, 오직 자신이 하고 싶은 이야기만 했다.
"내가 누군지 알아?"
그를 아는 사는 사람은 아무도 없었다.
"난 말이야. 인생을 먼저 살아온 선배야. 지금부터 내가 하는 말은 뼈가 되고 살이 되는 이야기니까 잘 기억해둬. 나 때는 말이야. 얼마나 먹고사는 게 힘들었는지 알아? 근데 요즘 젊은 것들은 복에 겨워 꿈이 어쩌네, 행복이 어쩌네, 이 모양이야."
대체 무슨 말이 하고 싶은 걸까? 자신의 기준에서 과시하고 싶은 걸까. 아니면 충고하고 싶은 걸까. 그는 어딘가 모르게 심기가 불편해 보였고 뭐든 마음에 안 들어 했다. 그저 자신의 경험에 빗대어 누군가를 가르치고 싶은 것 같았다.

"복에 겨워 난리지. 왕년에 내가 젊었을 때는 말이야. 아주 잘 나갔어." 과시는 필수였다.

나이가 든다고 해서 현명하고 지혜로워지는 건 아니었다. 낡은 가치관과 자기 합리화로 이미 변화한 세상을 인정하지 못한 채, 단절 또한 용납할 수 없어 그러는 것일지도 모른다. 다만 한 가지 확실한 건 그는 꿈과 행복을 모른다는 것이다.

이를 지켜보던 개미가 많이 놀란 것 같았다.

"세상에. 저런 사람이 있어…?"

개미의 물음에 사실대로 이야기해 줘야 할지 잠시 고민했다. 차마 저런 사람뿐만 아니라 별의별 사람들이 많다고 얘기해 줄 수 없었다. 나는 개미의 동심을 지켜주고 싶었다. 그래서 잘 모른다는 제스처로 대답을 회피했다.

화려하게 타오르던 불꽃이 점점 약해지고 있었다. 모닥불은 곧 끝이 보였다. 여태 한마디도 안 한 사람에게 상담사가 질문했다. 그러자 그는 특별히 할 말이 없다고 했다. 그러고는 한 사람씩 바라보며 관찰할 뿐이었다. 상담사는 곧 나에게 관심을 두고 말을 걸었다.

"직업이 뭐예요?"

"전 아직 직업이 없어요!"

내가 당당하게 말하자 그녀가 되물었다.

"직업이 없다고요?"

"네. 아직 무엇을 할지 모르겠는걸요."

"그럼 무엇이 되고 싶은데요?"

"무엇이 되고 싶은 게 아니에요. 당신이 생각하는 것을 제 기준으로 말하자면 하고 싶은 것을 찾고 있어요. 지금은 달에 가는 중이에요. 그래서 이곳에 오게 되었죠."

아무도 내가 하는 말을 이해하지 못했다. 되고 싶은 것과 하고 싶은 것은 다르다. 꿈은 단순하게 무언가 되고 싶은 게 아니다.

"달에는 왜 가려고 하나요?"

"그곳에 꼭 만나야 할 사람이 있어요."

"누군가를 만나기 위해서라고요? 그럼 그곳에는 누가 사는데요?"

"달의 우체부요!"

"달의 우체부? 처음 들어보는데요? 앗. 소문으로는 달에 도착하면 소원을 들어준다고 하던데!"

상담사가 말하자, 욕심이 난 사업가가 말했다.

"그럼 다 같이 가는 건 어때요? 나에게 비행기가 있으니! 내일 아침에 출발합시다."

이렇게 쉽게 가게 될 줄은 몰랐다. 하지만 이토록 쉽게 갈 수 있게 된 것은 행운이었다. 이 모든 이야기를 듣고 있던 어르신은 큰기침을 내뱉으며 한소리 거들었다.

"달의 우체부? 달이 무슨 소원을 들어줘? 개뿔. 그런 건 세상에 없어. 행복이고 꿈이고 나발이고. 헛꿈 키우지 말고 다들 잠이나 자라고!" 그의 말 때문은 아니었지만, 모두가 피곤했는지 제각각 흩어졌다.

개미는 다시 한번 놀라움을 금치 못했다.

"어떻게… 저런 말을 할 수 있어?"

"경험해 보지 않은 사람의 말은 신경 쓰지 않아도 돼. 직접 보고 듣지 않았다면 절대 믿지 않거든."

개미는 그 말을 듣고 한참을 생각하더니 나의 어깨에 기대 앉아 쉬며 말했다.

"우리가 비행기를 타고 가게 될 줄은 몰랐어. 코끼리에게도 어서 빨리 얘기해 주고 싶다. 역시 따라오길 잘했어!"

개미는 신이 나는지 웃음을 지어 보였다. 그 모습을 보니 나도 자연스럽게 따라 웃을 수 있었다.

한편, 여태 아무 말이 없던 음침한 사람은 주위를 한번 살피더니 조용히 내 곁으로 다가왔다. 그러고는 나의 목걸이에 시선을 고정했다.

"잠깐만요! 그 목걸이는 뭐예요? 너무 눈부신걸요."

"이건 열쇠예요!"

"무슨 열쇠죠? 가치가 있는 건가요?"

"그럼요. 그 어떤 것으로도 값을 매길 수 없는 소중한 것이에요."

"그렇군요."

그는 나의 목걸이를 유심히 바라보았다.

"저는 감별사예요. 그래서 물어봤어요. 가치 있는 건 매우 특별하니까요." 감별사의 말투는 어딘가 모르게 이상했다. 나는 뒤돌아가는 그의 뒷모습을 지켜봤다.

잠시 뒤, 개미는 졸린 눈을 비비며 나에게 속삭였다.

"토토야, 슬슬 잠이 온다. 우리도 이만 자자!"

개미의 말에 허무하게 꺼진 모닥불을 한번 바라보고는 통나무집으로 들어갔다.

넓은 세상을 향해 갈수록, 더욱 다양한 사람들을 만나게 된다. 또한 원치 않아도 함께 어울려야 하는 순간이 찾아온다. 이 중에선 자신의 그릇된 생각을 관철하는 사람도 제법 많다. 기억하자.

어떠한 상황에서도 온전한 내 모습을 지켜야 한다는 것을.

사라진 목걸이

창문 너머로 들어오는 아침 햇살에 눈이 떠졌다. 낯선 곳이어서 그런지 기분이 묘했다. 나는 아직도 집을 떠나온 게 믿기지 않아 멍하니 눈만 끔벅이다 침대에서 일어났다. 그러다 누군가와 마주쳤다. 목걸이에 관심을 가졌던 감별사였다. 그는 나를 보자 화들짝 놀라며 뒤로 물러났다. 마치 무언가를 감추는 것만 같았다.

"저…"

무슨 일이 있는지 물어보려고 하자, 말이 끝나기도 전에 감별사는 내게 마지막 인사를 건넸다.

"급한 일이 있어서 먼저 갑니다."

이미 떠날 채비를 마쳤던 그는 통나무집을 재빨리 떠났.

잠시 뒤 밖에서는 큰 소음이 났고, 점점 그 소리는 작아지며 멀어졌다. 푹 자고 일어난 사람들은 떠날 채비를 하기 시작했다. 잠깐. 뭔가 이상했다. 개미는 왜 안 보이는 걸까. 생각해 보니 눈을 뜬 순간부터 보이지 않았다.

사업가는 제일 먼저 짐을 챙겨 통나무집을 나섰다. 잠시 후, 그의 외마디 비명이 들려왔다. 무슨 일인가 싶어 모두가 따라 나갔다. 그가 있는 곳에 가보니 허탈한 표정의 사업가가 멍하니 서 있었다.

"간밤까지 있었던 비행기가 사라졌습니다…"

그러자 모두 자신들의 가방 안 소지품을 뒤적였다. 혹시 몰라 나도 사라진 것이 없나 가방을 열어 살펴보았지만, 딱히 사라진 물건은 없어 보였다. 안도의 한숨을 내쉬는데 저 멀리서 끙끙거리며 빠른 걸음으로 걸어오고 있는 개미가 보였다. 나는 달려가서 개미를 손으로 안아 들었다.

"갑자기 안 보여서 걱정했어! 이른 아침부터 어디 갔다 온 거야?"

"산책하고 왔어! 도중에 비행기가 날아가는 것을 보고… 나만 빼고 다들 떠난 줄 알았어. 그래서 저 멀리서 허겁지겁 뛰어왔어!"

부지런한 개미는 아침 일찍 일어나 산책을 하고 왔던 것이다. 거친 숨을 몰아쉬던 개미가 나의 목을 보며 말했다.

"그런데 토토야… 네 목걸이는 어디 있어?"

목을 만져보니 아무것도 만져지지 않았다. 마음마저 휑한 기분이었다. 목걸이를 잃어버린 것이다. 정확히 말하면 사라졌다. 다른 이들도 각자의 귀중품을 잃어버렸다고 했다. 감별사가 서둘러 일찍 떠난 이유가 드러났다.

"반드시 찾아내고 손해 없도록 처리할 겁니다."

사업가가 말했다.

"그럴 수밖에 없는 사연이 있지 않을까요?"

상담사가 말했다.

"흘러가는 대로 가겠습니다. 모든 것은 자연의 이치대로!"

여행자가 말했다.

"우선 신고부터 하고 법적 조치를 하겠어요!"

회사원이 말했다.

"어딜 감히! 네깟 놈이 어떻게 나한테 이럴 수 있어!"

어르신은 꽤 분노한 채로 통나무집이 떠나가라 소리쳤다.

서로가 다르듯 반응 또한 제각기 달랐다. 살다 보면 예기치 못한 상황이 생긴다. 그런 순간에는 마음을 준비할 겨를도 없다. 어느 날 갑자기 일어나니까. 또한 자신의 의지와 상관없는 경우도 꽤 많다. 세상은 나 혼자만이 살아가는 게 아니기 때문이다. 삶은 매우 복잡하다. 그 때문에 자신만의 방식을 찾고, 단순하게 살 필요가 있다.

"네 목걸이 말이야. 중요한 것이잖아."

개미가 내게 말했다.

"그렇지. 아빠가 나를 알아볼 수 있는 유일한 표식이기도 하니까."

목걸이가 중요했던 만큼 나는 고민에 빠졌다. 소중한 목걸이기에 목걸이를 찾는 건 당연했다. 그렇지만 운이 따라 주지 않는다면 시간 소모가 많을 게 분명했다. 어쩌면 나의 목적지에서 점점 더 멀어지거나 시간이 지체될수록 무엇을 해야 하는지 잊을 수도 있다.

목걸이가 나에게 각별했던 이유에 대해서 생각해 보았다. 그것은 특별한 누군가의 소중한 마음이 담겨 있는 세상에서 단 하나뿐인 목걸이였다. 그래서 더욱더 애틋했던 것이다. 눈을 감고 생각했다. 그리고 공허한 목에 손을 살포시 올렸다.

중요한 것은 마음이다. 비록 목걸이는 없지만 아빠의 마음을 온전히 느낄 수 있었다. 또 그 마음으로 나를 가득 채울 수 있었다.

그때 알았다. 물질과 마음은 분리가 된다는 것을. 소중함과 특별함은 이미 내 마음속에 간직되었다. 그제야 나는 목걸이에 대한 집착을 버릴 수 있었다.

"저는 계속해서 달에 갈 거예요." 모두가 나를 쳐다봤다.
"꽤 중요한 것을 잃어버린 것 같은데… 어째서죠?"
상담사가 내게 물었다.
"목걸이보다 더 중요한 것이 제 가슴속에 있으니까요."
"토토야. 서두르자!" 개미가 내게 말했다.
우리는 통나무집을 떠나, 새로운 마음으로 여정에 올랐다.

중요한 가치를 알게 될 때, 진정한 여행이 시작된다.

금기된 전설

뜻밖의 행운이 찾아올 때가 있지만, 쉽게 떠나기도 한다. 그렇다고 낙담할 필요는 없다. 때때로 기회가 찾아오기 때문이다. 물론 그 기회는 준비가 되어야만 잡을 수 있다.

통나무집에서 출발한 지 한참이 지났을 무렵, 뒤에서 누군가 따라오는 것 같았다.

"잠깐만요!"

뒤를 돌아보니 상담사가 서 있었고, 그녀는 전해줄 이야기가 있다고 말했다. 우리에게 다급하게 들려준 이야기는 꽤 솔깃했다.

"달에 갈 수 있는 빠른 방법을 알고 있어요!"

그녀는 아주 오래된 전설 속 이야기를 들려주고 떠났다. 전설은 두 가지였다. 그 이야기를 들은 나와 개미는 각자의 생각에 빠져있었다. 기회가 많을수록 확률은 높아진다. 한 가지 마음에 걸리는 것이 있다면 금기된 전설이라는 것이었다.

많은 사람이 꺼리고 피하는 데는 다 이유가 있을 테니. 그렇지만 만약 가볼 만한 지름길이라면? 노력만 더 필요한 거라면? 잠시 뒤 먼저 생각을 마친 개미가 말했다.

"뭐 어때. 도전이나 해보자!" 개미는 꽤 진취적이었다.

"그래. 시도해보자!"

나와 개미를 바라보니 우리는 제법 모험가 같았다.

금기된 전설. 그 첫 번째 기회를 잡기 위해 상담사가 말해준 무지개 동산을 향해 출발했다. 함께하는 동안 개미는 내 어깨 위에서 많은 것들을 하며 시간을 보냈다. 책을 보기도 하고, 재밌는 이야기가 있다면 나에게 들려주기도 했다. 마치 라디오를 듣는 기분이었다. 언어는 말하는 이와 닮아있다. 개미의 언어는 언제나 밝고 긍정적이다. 덕분에 나는 함께하는 내내 꿈과 희망으로 가득 찼다.

 삶에 좋은 친구가 있다는 것이야말로 행운이 아닐까?

 무지개 동산에 도착한 후, 가장 큰 나무 아래에 자리를 잡았다. 그곳에서 비가 오기만을 몇 날 며칠을 기다렸다. 상담사가 말하길, 오후 네 시에 무지개다리가 뜨면 하얀 달로 이어지는 순간이 찾아온다고 했다. 그때 무지개다리를 타고 달에 갈 수 있는 것이다.

 비가 내리기를 기도했다. 하지만 동화 속 세상은 그저 맑기만 했다. 이곳에서는 비가 잘 오지 않는 것일까. 개미와 나는 기다리다 지쳐 그만 잠이 들었다.

 얼마나 지났을까. 얼굴에 차가운 물방울이 떨어지는 느낌이 들었다. 눈을 떠보니 무성한 나뭇잎에 빗방울이 맺혀 있는 것이 보였다. 주위에는 온통 비가 내리고 있었다. 나는 기쁨에 소리치며 개미를 깨웠다.

 쏴. 빗소리에 기분이 좋았다. 신이 난 개미는 헤드폰을 쓰고 노래를 들으며 춤을 췄다. 신나는 음악을 듣는 건지 경쾌한

발걸음이었다. 사진기라도 있다면 그 모습을 찍어뒀을 텐데 아쉬운 마음이 들었다.

무지개가 뜨려면 비가 그쳐야 하는데 이번에는 그칠 기미가 보이지 않았다. 우리는 나무 아래에 앉아 이야기를 나눴다. 개미가 먼저 말을 건넸다.

"참 신기해."

"어떤 게?"

"그날 너를 따라가지 않았다면, 나에게는 아무 일도 없었겠지." 개미는 잠시 생각에 잠겼다. 그러고는 자신의 존재 가치에 관해서 이야기했다.

"토토야. 네 어깨를 내어줘서 정말 고마워. 너도 알다시피 나는 너무 작아. 몸도 작고 목소리도 작지. 그래서 내가 있다는 걸 아무도 몰라줬어. 그 어떤 말을 해도 누구도 들어주지 않았고. 그땐 너무 힘들었어. 하지만 코끼리와 토토 너를 만난 후에 많은 것들이 변했어! 나를 알아봐 주고 나의 소리를 들어 주는 이들이 생기게 된 것이지. 그러면서 나는 살아있음을 느꼈어."

타고난 환경은 바꿀 수 없지만, 주변 환경은 선택할 수 있다. 살아가면서 나에게 맞는 환경을 선택하면 된다. 개미는 그것을 알게 된 것 같다.

"개미야. 너는 성실하고, 적극적이고, 긍정적이라 본받고 싶은 점이 많아. 사실 나는 그렇지 못하거든. 아마 너처럼은 할 수 없었을 거야. 그런 의미로 너는 내게 작은 거인이야."

내가 느끼는 진심을 개미에게 전했다.

"너무 띄워주지 마."

그 말을 하며 부끄러워하는 개미가 귀여웠다.

나는 원점으로 돌아와 무지개에 대해 생각했다. 대체 무지개는 언제 뜰지. 언제까지 기다려야 하는지.

야속하게 계속 내리는 비를 바라보니 동화 속 세상도 그리 녹록지 않아 보였다. 순수하고, 아름답고, 행복하고, 뭐든 쉽게 이뤄질 줄 알았기 때문일까.

다시 생각해 보니 동화 속의 해피엔딩만 기억에 남아서 그런 것 같다. 동화 속에서도 주인공들이 행복해지기 위해 얼마나 많은 고난을 겪었는 지가 떠올랐다. 세상에 당연한 행복은 없다. 무언가를 실현하는 과정에서 많은 인내가 필요한 것이다.

옆에 있는 개미를 보니 나와는 다르게 일말의 고민도 없이 행복해 보였다. 그건 마치 행복은 무엇인가에 대한 대답을 듣는 것만 같았다. 우리는 지금 꿈을 향한 꿈만 같은 여정 중이다. 꿈이라는 단어에는 여러 의미가 담겨있다. 서로 다른 의미로 해석되지만 결국은 모두 같은 것일지도 모른다.

이번엔 내가 개미에게 말을 건넸다.

"개미야. 너는 언제부터 달에 가고 싶었어?"

"오래되었지! 너무 느리니까 갈 생각은 차마 못 했지만…

어쩌면 기차를 타고 30년 후에 도착하는 것이 나에겐 가장 빠른 길이었을지도 몰라."

순간 개미는 아찔한 표정을 지었다.

"달을 보는 너의 눈빛을 보고 알 수 있었어. 토토 너는 꼭 저 달에 가겠구나. 더 큰 세상으로 향하겠구나!"

나도 개미의 눈빛을 기억한다. 그 눈빛이 내게도 보였구나. 그제야 이해가 됐다. 나의 빠른 걸음을 부러워했던 이유. 개미에게는 이상이 있었다.

부러움과 질투에는 비교가 동반된다. 하지만 부러움과 질투는 결이 다르다. 부러움은 노력하고 향상하도록 돕지만, 질투는 도태를 초래한다. 비교가 꼭 나쁜 것만은 아니다. 뭐든 긍정적으로 작용하는 게 중요하다. 개미는 영리하게 방법을 찾아낸 것이다. 빠른 다리가 없다면, 빠른 다리를 가진 나와 함께 가면 된다는 것을 알았다. 그 순간 개미에게 확인하고 싶은 게 있었다.

"개미야, 너는 정말 달에 우체부가 있다고 믿어?"

"당연하지!" 개미는 확신에 차 있었다.

"어째서 믿는 거야?"

"믿음에는 이유가 없어. 내가 믿으면 그렇게 되는 거야! 모든 것은 내 마음으로부터 시작되니까. 어? 저기 좀 봐! 토토야!" 우리가 대화를 나누는 사이 어느덧 비가 그쳤다.

정확하게 오후 네 시가 되자 하늘에는 커다란 무지개가 떴다. 나는 그 장면을 멍하니 바라봤다. 가까이서 그렇게 큰 무지개를 바라본 것은 처음이었다. 다채로운 색의 향연은 하얀 달까지 뻗어 나가며 이어지고 있었다. 감각적인 아름다움이 있다면, 바로 이런 것일까?

"이제 어쩌지?" 개미가 묻자 내가 대답했다.

"일단 더 가까이 가보자!" 우리는 무지개 앞으로 다가갔다.

'무지개 위로 올라가면 되려나.'

나는 무지개를 잡으려고 손을 뻗었다. 그때였다. 날개가 달린 작은 요정이 무지개 속에서 하품하며 나왔다.

"안녕. 나는 무지개를 수호하는 요정이야. 오랫동안 아무도 이곳에 오질 않았는데…."

무지개 요정은 말끝을 살짝 흐렸다.

"아무튼 만나서 정말 반가워!"

"안녕. 내 이름은 토토야. 무지개를 타고 달에 갈 수 있다고 들었어!" 나의 이야기를 듣자 요정이 말했다.

"방법은 정말 간단해. 네 가슴속에 있는 빛을 주면 돼."

"나의 빛을 달라고?"

"응! 그 빛을 주면 무지개를 타고 달에 갈 수 있어!"

잠깐. 생각해 보니 요정은 뭔가 이상했다.

"오랫동안 이곳을 지켜왔는데 어째서 너는 아기의 모습을 하고 있니?"

"난 빛의 힘으로 오랫동안 아기 요정으로 지낼 수 있었어.

빛은 순수함을 상징하기도 하지. 내가 빛나야 무지개도 더욱 아름답게 빛나."

"토토야. 네가 빛을 잃는다면, 너의 색을 찾을 수가 없잖아."

개미가 어깨 위로 올라와 말했다.

"빛을 주면 네가 원하는 곳에 갈 수 있어. 선택해! 시간은 많지 않아. 무지개는 곧 사라질 거야!"

말을 끝낸 아기 요정은 여유로워 보였다. 내가 빛을 내어 줄 거로 생각한 모양이다.

"우리에게는 다른 기회가 있잖아!"

개미는 다른 선택지를 이야기했다.

얻는 게 있으면 잃는 게 있다. 하지만 다른 무언가를 빛내기 위해 나의 빛을 잃을 순 없었다. 또 그런 채로 목적지에 도달하는 게 무슨 소용일까. 개미와 나는 눈빛을 교환하며 남은 기회를 잡아야 함을 알았다.

"이 기회를 놓친 거 말이야. 언젠가 후회할 거야!"

화가 난 아기 요정은 무지개 속으로 급히 들어갔고 무지개는 순식간에 눈앞에서 사라졌다. 하지만 우리는 요정의 말에 그다지 신경 쓰지 않았다. 후회 또한 하지 않았다.

금기된 전설. 그 두 번째 기회를 잡기 위해 제일 높은 산을 찾아 올랐다. 기회를 잡는 것 또한 굉장한 노력이 필요하다. 조금씩 숨이 차오르고 호흡이 가빠지자, 개미가 걱정됐는지 잠시 쉬어가자고 말했다. 힘들 때는 잠시 쉬면 된다.

개미와 나는 큰 바위 위에 걸터앉았다.

"토토야. 네가 혼자서 고생하는 걸 보니 괜스레 미안한 생각이 들었어. 차라리 집에서 편안히 지냈으면 어땠을까."

"세상에 힘든 일이 얼마나 많은데! 이 정도는 뭐."

"혹시… 집으로 돌아가고 싶지는 않아?"

개미는 혼자 산을 오르는 내 모습을 보며, 도움을 주지 못하는 것에서 꽤 많은 생각을 한 것 같다. 나는 개미가 이야기한 집을 떠올렸다.

집은 편안함과 안전함과 따듯함이 있는 나의 소중한 보금자리다. 그리고 그 안에는 나만의 세상이 존재한다. 시간을 거슬러 오르자 어릴 적 나의 작은방이 생각났다. 공간은 작았지만 온통 내가 좋아하는 것들로 가득 차 있었다. 그 작은 세상은 나만의 세상이었다. 제일 좋아하던 것은 엄마가 선물해 준 지구본이었다. 아직도 생각난다. 처음 지구본에서 우리나라를 찾아보고 놀랐던 것을.

세상에! 지구에서 이토록 작은 부분만을 차지하고 있었다니. 나에겐 세상에서 제일 큰 곳이었는데. 그때 알게 되었다. 내가 몰랐던 세상이 이렇게 크고 넓다는 것을. 지구본을 이리저리 돌려가며 세계 곳곳의 나라와 수도를 외웠다. 나는 어른이 되면 더 넓은 세상을 경험해보고 싶었다.

"개미야. 집에는 언제든 갈 수 있어! 그러니 걱정하지 마. 조금만 더 가면 정상이야. 올라가는 동안 나에게 재미있는 이야기를 들려줄래?"

"좋아!" 개미는 금세 표정이 밝아졌다.

날은 점점 어두워졌고 우리는 다시 산행에 나섰다. 밤하늘의 달은 붉은빛을 발산하고 있었다.

정상에 도착하자마자 우리는 달을 관찰하기 바빴다. 그림자에 달이 완전히 가려지는 그 순간을 기다려야 했으니까. 며칠 동안은 큰 변화가 없었다.

상담사가 말하길, 온 세상이 깜깜해지는 그 순간에 달에서 하얀 줄이 내려온다고 했다. 다만 걱정되는 부분은 달빛이 드러나기 전까지 그 줄을 타고 올라가야만 한다는 점이었다. 빛이 조금이라도 드러난다면, 하얀 줄은 마법처럼 사라지기 때문이다. 금기된 것은 다 이유가 있다. 그래도 두 번째 기회에 희망을 걸어볼 생각이다. 지금으로서는 달에 가는 유일한 지름길이니까.

얻는 게 있다면 잃는 게 있다.
잃는 게 있다면 얻는 게 있다.
하지만 나를 잃는 건 아무 소용 없다.

작은 망아지

보름달이 뜨던 어느 날 밤, 하늘에 감도는 기운이 평소와 다르다는 것을 알 수 있었다. 마침내 달의 모습은 점점 사라지고 있었다. 개기 월식이 시작된 것이다.

"토토야, 어서 가보자!"

개미와 나는 달을 향해 가까이 다가갔다.

이 순간만을 얼마나 기다렸던가. 정확히 지구의 그림자가 달을 삼키자 온 세상이 캄캄했다. 우리는 달 아래에 서서 줄이 내려오기만을 기다렸다.

"아무것도 안 보여. 정말 하얀 줄이 내려오는 게 맞을까?"

개미의 걱정에 나도 조금은 초조해졌다. 우려와 달리, 잠시 뒤에 하늘에서 은은하게 빛나는 하얀 줄이 내려오고 있었다. 땅끝에 줄이 다다르자 나는 그 줄을 손으로 잡으며 생각했. '오를 수 있을까?' 사실 조금 겁이 났다. 산에 오르며 체력 소진이 많았기 때문이다. 이럴 때는 후회된다. 평소에 꾸준히 운동했으면 좋았을 텐데. 인내와 체력은 어떠한 상황에서든 필수다.

"달이 모습을 드러내기 전에 올라가야 해. 서두르자!"

개미의 말에 집중해서 올라가려고 하자 줄이 조금씩 위로 올라가는 것을 느꼈다.

'저절로 올라가고 있는 건가?'

예상한 것보다는 긍정적인 상황이었다. 여기에 노력만 더해지면 달에 도착할 수 있을 거라는 확신이 들었다.

그 순간 어디선가 절실한 목소리가 들려왔다.
"도… 도와주세요…."
가까운 곳에서 들려오는 소리 같았다.
"방금 소리 들었어? 누가 있나 봐!" 개미가 말했다.
잠시 고요하더니 다시금 어디선가 작은 소리가 들려왔다. 개미와 나는 서로를 쳐다보았고 적막이 흘렀다.
'환청을 들은 건가?'
잘못 들었나 싶어 다시 올라가는 데 집중하자, 이번에는 좀 더 명확하게 소리가 들려왔다.
"도… 와주세요!"
그 소리를 들으니, 매우 어린 목소리임을 알 수 있었다.
"거기… 무슨 일이니?"
칠흑 같은 어둠 속에서 보이는 것은 없었다. 나는 올라가고 있는 줄에 손을 조금씩 풀며 제자리를 유지했다. 누군가의 장난이라면 나는 일생일대의 중요한 기회를 놓치는 것이다.
'만약 그게 아니라면?'
누군가의 간절함과 구조 신호를 모른 척할 순 없다.
"선택해야 해!" 개미가 말했다.
또다시 선택의 순간이었다. 이럴 때는 내면에 귀를 기울이면 된다. 나는 단순하게 생각했다. 만약 내가 위험한 상황에 놓였는데 누군가 모른 척하고 지나간다면 그건 절망일 것이다. 이번 결정은 매우 쉬웠다.

"도움을 줘야 해!"

"좋은 생각이야!" 개미도 같은 생각을 한 모양이다.

그 순간 가슴에 깃든 빛이 따뜻하게 번져나가며, 나의 영혼에 깊게 스며드는 것을 알 수 있었다.

손바닥이 따갑게 느껴질 정도로 급히 내려간 후 소리가 나는 곳으로 발걸음을 옮겼다. 하지만 여전히 어두워 주변이 보이지 않았다.

"혹시 다친 거니? 무엇을 도와주면 될까?"

"그냥 제 옆에 있어 주세요. 손을 잡아주시면 더욱더 좋고요. 아주 잠시면 돼요!"

나는 보이지 않는 이의 손을 잡았다. 손을 잡자 서로의 온도가 다르다는 것을 금세 알 수 있었다.

'왜 이렇게 찬 거지. 혼자 계속 이렇게 있었던 걸까?'

나는 양손으로 감싸며 떨리는 손을 꼭 잡아주었다. 나의 온기를 나눠 주고 싶었다.

시간이 흐르자 달빛이 환하게 비쳤다. 그러자 쓰러져 있던 생명체의 정체를 알 수 있었다. 체구가 작은 어린 망아지였다. 그의 온몸은 이곳저곳 상처투성이였다.

"상처가 많은데… 치료해야 하지 않을까?"

"조금 지나면 괜찮아질 거예요. 제 손을 잡아줘서 정말 고마워요!"

망아지는 나를 보자 안도하는 표정을 지었다.
 "어쩌다 이렇게 다친 거니?"
 "저를 쫓아오는 사람이 있었어요. 그는 저를 잡으려 했고, 겨우 그자에게서 도망칠 수 있었어요."
 나의 물음에 망아지는 당시의 상황을 떠올렸는지 불안에 떨고 있었다.
 "더는 쫓아오지 않을 테니 걱정하지 마!"
 "글쎄요. 그는 비행기를 타고 있었어요. 어쩌면 이곳에 올지도 몰라요!"
 "비행기라고? 설마. 목걸이를 훔쳐 간 그 사람일까?"
 개미가 나를 보며 말했다.
 "그 사람은 어디서 만난 거니?"
 "숲속을 산책하고 있었어요. 그는 어떤 사고가 났는지 비행기 안에서 내렸고 이리저리 비행기를 살펴보고 있었어요. 그러다 근처에 있는 저를 발견했고 저에게 다가와 자신은 감별사라고 소개했어요. 보석의 가치를 알 수 있다고 말한 후 저를 납치하려고 했죠. 놀란 저는 앞만 보고 허겁지겁 달렸고, 온몸에 상처가 생긴 지도 몰랐어요. 한참을 달리자 그제야 힘이 없단 걸 알았죠. 그렇게 쓰러진 채로 정신을 잃었던 것 같아요."
 망아지가 말한 그는 감별사가 아니라, 탐나는 가치를 찾아내어 자기 것인 양 빼앗는 도둑이었다. 자신의 삶에 대한 노력은 전혀 없었고 다른 누군가에게서 소중한 무언가를 훔치려고만 했다. 그런데 그자가 모르는 게 있다. 제아무리 가치 있는 물건이라 할지라도 깃든 의미조차 모른다면 결국은 아무것도 아니라는 것을.

 나는 망아지를 바라보았다. 망아지의 머리에는 작은 혹이 나 있었고 간지러운 듯 혹을 만져 댔다. 한눈에 봐도 평범해 보이지 않았다. 잠시 뒤 놀라운 일이 일어났다. 분명 조금 전까지만 해도 망아지의 몸은 상처로 가득했는데 이제는 그 상처들이 보이지 않았다. 치유된 것일까. 아니면 사라졌다는 표현이 맞는 걸까. 어떻게 된 건지 모르겠지만 망아지의 몸은 완전히 회복된 것 같았다. 그런데도 나는 여전히 어린 망아지가 걱정되었다.

 "이제 어디로 갈 거니?"

 "정원이요! 저는 정원으로 가야 해요."

 개미와 나는 그를 데려다주기로 했다. 우리는 숲속을 지나 현재 망아지가 살고 있다는 정원을 향해 갔다. 구름 사이에 숨겨져 있는 달은 점점 은빛으로 물들어 갔다.

 삶에서 손길만큼 따듯하고 아름다운 것이 있을까.

영원한 정원

망아지를 따라 도착한 곳은 그야말로 지상 낙원이었다. 그곳에는 맑은 하늘과 햇살, 구름, 아름드리나무와 형형색색의 꽃, 잔잔한 시냇가와 푸른 동산을 비롯한 자연의 아름다움으로 가득했다. 새들의 지저귀는 소리는 마치 음악의 선율처럼 들렸다. 산들바람 속 따뜻한 기온은 몸과 마음을 편안하고 기분 좋게 만들어 줬다. 이곳은 모든 생각과 걱정, 스트레스가 잊히는 마법 같은 곳이었다. 인간 세상의 아픔과 고민은 이미 잊힌 지 오래였다. 나의 마음은 점점 온화해졌다.

어쩌면 이곳을 오기 위해 내 영혼이 다른 세상으로 온 건 아닐까? 이 모든 것은 처음부터 이곳에 오기 위한 여행 같았다. 망아지를 만난 게 신의 한 수였을지도 모른다.

세상에! 이런 곳이 있다니.

"이곳이 정원이야?" 망아지에게 물었다.

"네. 영원한 정원이라 불리는 곳이에요!"

"영원한 정원? 이곳이 영원하다는 뜻이니?"

"네, 이곳은 영원해요! 모든 것이 절대 변하지 않아요."

오래전, 이런 말을 들어본 적이 있다. 이 세상에 영원한 게 있다면 그건 딱 하나다. '영원한 것은 없다'는 진리.

나는 그때를 떠올리며 생각했다. 사람들이 왜 그토록 영원한 것을 원하는지. 특히나 사람들은 아름다움에 대한 영원을 원한다.

"이곳은 시간도 영원해?"

"시간만은 예외예요. 똑같이 흘러가요. 다만 이곳의 아름다움을 만나면 시간이 흘러가는 줄 모르죠."

망아지는 그 말을 남긴 채, 어딘가를 향해 갔다. 나와 개미는 영원한 정원에서 잠시 쉬어가기로 했다. 하지만 짧게 머물기에는 아쉬웠다. 이곳은 정말 아름다웠으니까.

'영원한 정원에서 살면 어떨까?'

이곳저곳을 구경하며 한참을 걷다 보니 휴식을 취하기에 제격인 곳을 발견하였다. 모든 풍경을 한눈에 볼 수 있는 커다란 나무였다. 우리는 그 위로 올라갔다.

완벽한 아름다움을 마주하자 개미가 말했다.

"세상에! 어디에 눈을 둬야 할지 모르겠어."

"햇살에 닿은 모든 것이 반짝이고 있어. 아름다운 것은 황홀하구나." 나도 풍경을 보며 감탄했다.

우리는 나무 아래에 연결된 그네를 타기도 하고, 책도 읽고, 낮잠도 자고, 이런저런 이야기를 하며 지냈다. 그러다 여기저기를 둘러보기도 했다. 이곳의 아름다움에 홀린 것만 같았다. 시간이 흐른 것 같은 기분이었지만, 얼마만큼 흐른 건지는 알 수 없었다.

산책을 하다 우연히 망아지를 만났다. 그런데 이게 어떻게 된 걸까. 망아지는 어느새 많이 성장한 모습으로 내 앞에 서 있었다.

"무슨 일이 있었던 거니?"

마시면 성장하는 샘물이라도 있는 것일까.
"아무 일도 없었어요. 다만 시간이 많이 흘렀어요!"
망아지의 이야기를 들은 우리는 깜짝 놀랐다.
"시간이 얼마나 흐른 거야?"
"수개월쯤!"
거짓말. 우리는 놀라지 않을 수가 없었다. 망아지의 체격은 두 배가 되었으며 머리 위에 혹은 어느덧 뿔의 형태를 하고 있었고, 비교적 많이 자라나 있었다.

저렇게 망아지가 성장할 동안 우리는 무엇을 한 거지? 우린 아무것도 한 게 없었다. 갑자기 마음이 텅 빈 기분이었다. 아니, 공허함으로 가득 찼다고 해야 할까.
"말도 안 돼. 이렇게나 오랜 시간이 흘렀는지 전혀 몰랐는걸. 어떻게 이럴 수 있지?"
개미도 믿기지 않는다는 표정으로 나를 바라보며 말했다. 어째서 이토록 시간이 가는 줄 몰랐을까. 아름다움에 취해 분별력이 흐려졌던 것일까.

어느새 나의 가슴속에 빛은 매우 흐려져 있었다.
'잠깐! 그러고 보니, 우리는 달에 가는 중이었잖아?'
정신을 차리고 보니 잊고 있었던 목적지가 떠올랐다.
"이럴 수가! 이제야 알 것 같아. 이곳은 밤이 없었던 거야. 어둠은 존재하지 않아." 깜짝 놀라며 개미가 말했다.

영원한 정원에는 어둠이란 없었다. 오로지 밝고 화창한 날 뿐이었다. 그래서일까? 우리는 시간을 가늠할 수 없었다. 어둠이 보이지 않는 화창한 날의 연속. 그것은 어둠의 연속과 전혀 다르지 않았다.

이제야 보이지 않던 것들이 보이기 시작했다. 내가 놓치고 있는 것들에 대해서도. 우리는 결국 이곳에서 많은 시간을 낭비했다. 그렇지만 후회해도 소용없었다. 이미 지나간 일이니까. 시간을 되돌릴 수는 없다.

개미와 내가 할 수 있는 유일한 방법은 이 상황에서 벗어나기 위해 앞으로 나아가는 것뿐이었다.

우리는 망아지에게 마지막 인사를 건넸다.

"이제 떠나려고 해!"

"제 손을 잡아주어서 고마웠어요. 저를 잊지 마세요! 언젠가 도움이 필요할 때 저를 불러주면 꼭 달려갈게요."

"어떤 곳에 있더라도?"

"물론이죠. 언제 어디서든지요."

"그런데 어떻게 부를 수 있다는 거니?"

"간단해요. 저를 떠올리면 돼요!"

나는 그의 말이 빈말이라 생각했다.

"마음만으로도 고마워. 나는 이제 갈게."

우리는 그 인사를 끝으로 영원한 아름다움이 존재하는 파라다이스를 떠났다.

꽃은 시간이 지나면 점차 시든다. 그래서 꽃이 핀 무렵, 고유의 아름다움을 절정으로 느낄 수 있는 게 아닐까. 우리의 계절이 봄 하나라면 우리는, 봄, 여름, 가을, 겨울의 아름다움을 느낄 수 없다. 사계절의 감각을 느낄 수 있는 것은 봄, 여름, 가을, 겨울이 함께 공존하기에 가능한 것이다. 모든 것은 자연의 이치와 닮았다. 우리의 삶이 아름다운 이유는 영원하지 않기 때문이라 것을 깨달았다.

언젠가 우리는 늙고 죽는다. 그래서 지금 이 순간이 이토록 소중하고 아름다운 것이다. 결국 영원한 것은 한낱 허상에 불과하다. 삶과 그 속에서 진정한 아름다움을 느낄 수 없기에.

어느새, 영원한 정원과는 거리가 멀어진 것 같았다.

그때, 저 멀리 망아지의 목소리가 들려왔다.

"진정한 아름다움은 마음으로 느낄 수 있어요. 황홀한 겉모습은 중요하지 않아요. 마음으로 느낀다면 반드시 감동할 거예요!" 뒤를 돌아보았지만 그곳엔 망아지도 영원한 정원도 보이지 않았다.

영원한 것은… 마치, 처음부터 없었던 것처럼.

달에게 쓰는 편지

우리는 우여곡절 끝에 찢어진 지도 속 호숫가에 도착했다. 그런데 지도 속의 호숫가는 어디를 봐도 보이지 않았다.

'잘못 온 건가? 분명 이곳이 맞는데.'

눈앞에 보이는 땅은 척박했으며 황무지 같았다. 그 어떤 곳을 바라보아도 물 한 방울을 찾아볼 수 없었다. 게다가 그 끝은 절벽이었다. 호숫가만 도착한다면 달에 가는 것은 시간문제라고 생각했는데. 다시 처음부터 시작하는 기분이 들었다.

"개미야. 대체 어떻게 된 걸까?"

개미에게 물어보았지만 들려오는 대답은 없었다. 개미는 조금 피곤했는지 어깨 위에서 곤히 잠들어 있었다. 이 상황을 어떻게 해결할지 혼자서 침착하게 생각해보기로 했다. 나는 가방에서 찢어진 지도를 꺼내 보았다.

'분명히 이 근처가 맞는데….'

아무리 주위를 둘러봐도 호숫가는 보이지 않았다. 알 수 없는 허탈감에 그 자리에 털썩 주저앉았다. 순간 의심이 들기도 했다. 처음부터 호숫가가 있긴 했던 걸까. 이곳에서 달에 갈 수 있긴 한 걸까. 예상했던 것과 다른 결과만큼 맥 빠지는 것이 없다. 처음으로 위기를 맞은 것이다. 묵묵히 걸어오며 여기까지 왔기에 이대로 포기할 수도, 되돌아갈 수도 없었다.

삶이 항상 뜻대로 되는 건 아니다. 때론 넘어지기도 하고, 물러나기도 하며, 방향을 잃어버릴 수도 있다. 지금이 그때다. 나는 달에게 나의 마음을 전하기로 했다. 달의 우체부가 있다면 분명 나에게 답을 줄 것이다. 펜을 들고 하얀 종이에 나의 간절한 마음을 써 내려갔다.

> 달에게
>
> 안녕하세요. 토토라고 해요. 처음으로 편지를 드려요.
> 그런데 편지를 쓰면서도 이런 생각이 들어요. 정말 제 마음이 달에 닿을 수 있을까요? 달에 가기 위해 지금까지 앞만 보고 걸어왔어요. 지름길도 있었지만, 제가 선택했던 것은 저만의 길이었어요.
> 더 많은 것을 보고, 경험하고, 배울 수 있었죠. 결국 제힘으로 찢어진 지도 속 호숫가까지 왔고요. 하지만 전혀 예상치 못한 결과에 조금은 두려워졌어요. 이제껏 잘 해내 왔다고 생각했는데 길을 잃어버린 기분이에요. 저는 지금 절벽 앞이에요.
> 더 이상의 길이 보이질 않네요. 제가 정말 달에 갈 수 있을까요?
> 달의 우체부는 존재하는 걸까요? 꼭 답변 주세요. 기다릴게요.

 어쩌면 이 모든 게 나의 상상은 아니었을까? 불안감이 들자 굳건했던 믿음에 의구심이 생겼다. 나는 믿음이 필요했다. 그래서 간절한 마음을 담아 달에게 전달했다.
 '편지는 내 손에 있는데, 달에 마음이 전해졌을까?'
 나는 달의 우체부가 편지를 전해 주길 기다렸다.

잠시 뒤, 작은 빛이 눈앞에 보이더니 무언가 마법처럼 나타나 내게 다가왔다.

'다락방 상자 속에서 봤던 노란 편지 봉투인데….'

나는 깜짝 놀랐다. 편지 봉투가 낯익었기 때문이다. 노란 편지 봉투를 잡자 편지가 쓱 하고 나와 펼쳐졌다.

지금, 꿈을 꾸는 당신에게

우리의 꿈이 목적지라면, 마음은 나침반과 같아요.
올바른 방향을 향해 걸어간다면, 반드시 도달할 거예요.
그러니 걱정하지 마세요. 거의 다 왔어요.
그저 자신을 믿고, 앞으로 나아가세요.

편지의 메시지는 짧고 간단했다. 설마 이게 다인가 싶어 편지를 이리저리 돌려보기도 하고, 편지 봉투 안을 보기도 했지만 별다른 것은 없었다. 그렇지만 확신이 섰다. 달의 우체부는 분명 존재한다.

편지를 덮자 편지는 봉투와 함께 사라졌다. 나는 생각했다.

'진심은 언제나 닿는다.'

"토토야. 왜 그렇게 멍하니 있어?"

잠에서 깬 개미가 내게 물었다.

"호숫가에 도착했어!"

"호숫가에 벌써 도착했어? 왜 진작 안 깨웠어!"

개미는 신나는 표정으로 주변을 두리번거렸지만, 아무것도 없음을 깨닫고는 나를 쳐다보았다.

"왜 아무것도 없는 거지?"

"분명 호숫가인데…."

"토토야, 지도를 다시 확인해보자!"

개미는 도저히 믿을 수 없다는 표정이었다.

나는 지도를 보여주며 말했다.

"아무리 봐도 이곳이 확실해… 다만 저 끝에는 절벽이고 더는 나아갈 수가 없어."

개미는 어깨에서 뛰어내려 절벽으로 다가갔다.

"위험해. 가까이 가지 마!"

나의 외침에도 개미는 절벽 끝으로 향했다.

"토토야, 이리 와서 좀 봐봐!"

개미는 무언가를 발견한 듯한 표정이었다. 왠지 절벽 쪽으로는 가고 싶지 않았다. 그런 나를 보며 개미가 소리쳤다.

"절벽 아래에 큰 호숫가가 있어!"

"뭐라고?" 나는 그제야 절벽 끝으로 다가갔다.

호숫가가 보이지 않았던 이유는 절벽에 가려져서였다. 지도에 나와 있는 호숫가의 위치는 정확했다. 나는 눈앞에 보이는 절벽만을 봤던 것이다. 우리는 신이나 소리쳤다. 절벽 끝에는 호숫가로 내려가는 밧줄이 있었다. 개미와 나는 그 줄을 잡고 천천히 내려갔다. 큰 호숫가는 평온하고 고요했으며, 잔잔한 물결이 흐르고 있었다. 가까이 다가서자 물속에 비친 내 모습이 보였다. 아주 선명하고 밝은 모습이었다. 물론 행복한 표정을 짓고 있었다. 이제는 완벽하게 토토가 된 것 같았다. 아니, 나는 토토였다.

개미는 목이 말랐는지 물을 조금 마신 후, 나의 어깨 위에 올라와 말했다.
"이제 조금만 더 가면 돼! 곧 우리는 달에 갈 수 있어."
설레는 순간이었다. 이 순간을 얼마나 원했는지 모른다.
어둠이 찾아오자 환한 달이 보였다. 호숫가에 달이 비치자 가슴속에 빛은 나를 어딘가로 이끌었다. 무언가를 알려주려고 하는 것 같아 나는 그 빛이 이끄는 대로 따라갔다.
호숫가를 반쯤 돌았을까? 여러 빛깔을 띠는 예쁜 열기구 하나가 눈에 들어왔다. 나의 빛은 그 열기구 안으로 들어갔고, 나도 빛을 따라 들어갔다.

그러자 열기구는 하늘 위로 날아오르기 시작했다. 점점 더 높이 오르자 하늘 위에서 나와 개미가 걸어왔던 길을 볼 수 있었다. 우리는 지나온 길을 바라보았다.

"조금은 성장한 거겠지?" 개미가 내게 물었다.

"물론이지." 나는 확신할 수 있었다.

우린 분명 어제와 다른 곳에 와있으니까.

의심이 드는 순간이 찾아왔지만 포기하지 않았고, 위기 속에서 기회를 찾으며 마침내 또 다른 세상을 향해 가고 있다. 그 때문일까. 더 나은 내가 된 것 같았다.

흔들리는 순간은 찾아오기 마련이다.
그 순간을 넘어야, 진정으로 갈망한 것을 얻는다.

세 번째 달

열기구가 조금 더 높이 올라가자, 우리는 구름 속에 묻혔다. 그로 인해 앞이 잘 보이지 않았다. 게다가 거센 바람까지 불어와 제대로 가고 있는 건지 불안한 마음이 들었다. 개미와 나는 열기구 안에 웅크려 앉았다. 한참 뒤, 평온한 느낌이 들어 고개를 들어보니 광활한 우주의 세상이 눈앞에 펼쳐졌다. 그 신비로운 광경을 처음으로 마주했다.

 "와. 이곳이 우주구나… 기분이 참 묘해. 경이롭다는 게 이런 것일까?"

 개미의 말처럼 경이롭다는 말밖에는 표현할 길이 없어 보였다. 얼마 지나지 않아 열기구는 달에 닿았다. 드디어 꿈에 그리던 곳에 도착했다. 개미와 나는 설레는 마음으로 첫발을 디뎠다. 그런데 의아했다. 달이 원래 이렇게 작은 걸까. 육안으로만 봐도 달 전체가 한눈에 들어올 정도니 이 얼마나 작은 것인가. 무언가 잘못되었다는 생각이 들었다.

 "어서 와. 나는 세 번째 달이야!"

 그는 자신을 세 번째 달이라 소개하며, 우리에게 반갑게 인사를 건넸다.

 "세 번째 달이라고?"

 깜짝 놀라며 되묻자, 그는 차분한 목소리로 설명해 줬다.

 "순서대로 비교했을 때, 크기가 세 번째거든!"

 "세상에! 그럼 달이 하나가 아니란 말이야?"

 "맞아! 그런데 사실 나는 달이 아니야."

이번에는 그가 달이 아니라고 했다. 우리는 완전히 다른 곳에 와 있었다.

"그럼 어째서 세 번째 달이라고 소개한 거야?"

"그건 내가 정한 게 아니야. 사람들이 그렇게 부르곤 하지!"

사람들이 정해준 대로 불리고 있다는 것일까. 세 번째 달의 진짜 정체가 무엇일지 궁금했다.

"그렇다면 너는 누구야?"

세 번째 달은 아주 조심스럽게 무언가 숨겨 왔던 비밀을 전하려고 했다. 매우 긴장된 모습이었다.

"놀라지 마! 나는 사실 우주로 발사된 로켓의 잔해물이었어. 사람들이 만들어낸 로켓에서 파생된 파편이지. 사람들은 지구뿐만 아니라 우주도 괴롭히고 있어. 우주에는 나 같은 잔해물이 참 많거든. 평범한 파편이 되어 하염없이 우주를 떠돌던 어느 날, 지나가던 작은 소행성의 중력으로 그 소행성과 하나가 되면서 난 새로운 존재가 되었지. 우연히 나를 발견한 지구의 사람들은 내가 다른 소행성보다 특별하게 빛나자, 나에게 세 번째 달이라는 이름을 지어줬어."

그 말을 하는 내내 세 번째 달은 쓸쓸한 미소를 지어 보였다. 사람들은 보고 싶은 대로 보고, 믿고 싶은 대로 믿는다.

나는 세 번째 달의 생각이 궁금했다.

"세 번째 달로 불리면, 기분이 어떠니?"

"아무것도 아닌 나를 달로 불러주면 기분이 좋을 때도 있어.

하지만 한편으로는 내가 나로서 인정하지 않는 꼴이니 매우 우습고 혼란스러울 때도 많지. 가끔은 그런 내가 부끄럽기도 해."

"아무것도 아니라니? 너는 새롭고 특별한 존재인걸?"

"그렇게 생각해 준다면 고마워. 하지만 나는 진짜 달도 아닌걸!"

세 번째 달은 부끄러움을 알고 있었다. 부끄러움을 안다는 것은 무엇이 옳고 그른지를 알고 있다는 것이다. 이번만큼은 답이 정해져 있었다. 그것을 알았다면 앞으로는 그러지 않으면 되는 것이다. 우리는 계속 대화했다.

"진짜 달이 아니면 어때? 가치는 스스로 만드는 거야."

"네가 보기엔 난 어때? 어떻게 보여? 무엇으로 불리면 좋을 것 같아?"

세 번째 달이 내게 물었다.

"너의 가치는 네가 제일 잘 알 거야. 스스로 이름을 지어보면 어떨까?"

"시도해볼게. 그런데 참 어렵구나. 나를 정의하는 것은…."

한참이나 고민하던 세 번째 달은 그 고민에 대한 답을 찾았는지 기쁜 마음으로 이야기했다.

"생각났어. 한번 들어볼래? 이제 내 행성의 이름은 로켓 보이야!" 그는 멋지게 자신을 정의했다.

역시 자신을 가장 잘 아는 건 자신뿐이다.

"아주 멋진 이름이야!"

새로운 이름에 신이 난 로켓 보이를 보니, 개미와 나도 기뻤다. 로켓 보이라는 이름 때문일까? 그가 더 근사해 보였다.

잠시 뒤, 개미와 나는 다시 떠날 채비를 했다.

"만나서 반가웠어. 우리는 이제 달에 가야 해!"

로켓 보이에게 인사를 하고 열기구에 탔다. 그런데 이게 어찌 된 건지 열기구는 작동하지 않았다.

열기구 안에 메시지는 이러했다.

[열기구는 딱 한 번만 작동합니다.]

허탈한 마음을 뒤로한 채, 열기구에서 내렸다. 우리를 지켜보던 로켓 보이가 말했다.

"문제가 생긴 거라면 걱정하지 마. 우주 정거장으로 데려다줄 수 있어. 거기서 별의 다리를 건너면 달에 갈 수 있어."

우리는 로켓 보이와 함께 우주정거장으로 향했다. 우주 정거장으로 가는 동안 생각했다. 명예보다 중요한 것은 스스로가 생각하는 가치다.

자신의 가치를 발견할 때, 우리는 빛나기 시작한다.

별의 다리를 건너

저 멀리 우주 정거장이 보였다. 로켓 보이의 도움으로 개미와 나는 무사히 우주 정거장에 도착했다. 그곳은 내가 아는 별 모양과 닮아 있었다. 정거장은 총 다섯 개였고, 각각의 방향으로 이동할 수 있는 구조였다. 예상과 달리 우주 비행기는커녕 이곳에는 아무도 없었다. 있는 것이라곤 여기저기서 빛나고 있는 무수한 별뿐이었다.

"토토야, 우리는 어느 방향으로 가야 하지?"

개미와 나는 어느 방향으로 가야 할지 몰라 고민했다.

"별에게 물어보자."

방법이라곤 이곳에 있는 별에게 물어보는 것뿐이었다.

"달에 가려고 해. 어디로 가야 하는지 알려줄 수 있니?"

우주정거장 한가운데서 큰 소리로 물어보자, 특정 방향의 별들이 마치 이쪽이라고 얘기하듯 반짝 빤짝 빛나고 있었.

별들 중 누군가 이야기했다.

"달에 가는 방향은 하나야. 이리로 가면 돼."

수많은 별이 내 앞에 하나둘씩 물결처럼 펼쳐졌다. 지구에서 우주의 별들을 바라본 적은 셀 수 없이 많았지만, 우주에서 아래로 바라보는 별의 다리는 무척이나 낯설었다. 저 멀리까지 이어지고 있는 별빛의 향연은 매우 눈부셨고, 우주의 세계는 바라볼수록 신비로웠다.

개미와 나는 별들이 만들어주는 길을 걸었고 궁금한 것을 물어보았다.

"너희는 어째서 눈부시게 빛이 나는 거니?"

"우린 스스로 빛나는 거야."

"스스로 빛난다는 것은 어떤 의미야?"

"간단하게 말하면, 나를 사랑한다는 뜻이지! 나를 사랑하면 아름다운 빛이나. 하지만 별이라고 해서 다 빛나는 건 아니야. 빛나지 않는 별도 있지."

"그렇구나! 사랑은 정말 어렵다고 생각해. 특히나 나를 사랑하는 것은 더더욱."

말 그대로다. 사랑은 정말 어렵다. 범주부터 방식까지 모두가 생각하는 사랑이 다르기 때문일까? 사랑은 바로 이거야! 라고 정의할 수 없었다. 게다가 나를 사랑하는 방식 또한 많은 오류를 범한다.

"아름다운 것은 단순하지 않아. 매우 복잡하지. 그렇기에 사랑에 대한 해석이 모두 다르단다."

"사랑은 꼭 필요한 걸까?"

나의 말에 별들은 매우 안타까워했다.

"저런. 상처를 받았구나! 그렇지만 이것만은 꼭 알아 둬. 상처를 받았다면 스스로 치유해야만 해. 사랑은 삶에서 매우 중요하고, 그 시작은 바로 나로부터야. 자신을 온전히 이해하는 것부터 출발해야 나 자신을 사랑할 수 있지. 순수하고 아름다운 마음은 넘쳐야 나눠줄 수 있는 거니까. 그런 별들은 유난히 눈부셔."

세상 모두가 사랑을 원하고 사랑을 하고 있다. 하지만 정작 사랑이 무엇인지에 대해서는 잘 모른다. 그래서 아무리 사랑한다고 소리쳐도 빛나지 않는 게 아닐까. 나는 앞으로 나아가며 계속해서 별들과 대화했다. 별들은 사랑에 대해 잘 알고 있었다.

"나도 너희처럼 빛이 날 수 있을까?"

문득 궁금해서 물었다.

"걱정하지 마! 너 자신에게 집중해봐!"

길을 만들어 주던 별들은 잠시 멈췄다. 그러고는 여러 별이 나의 몸을 감싸며 말했다.

"그런데 이미 네 가슴속에도 빛이 나는걸?"

별들의 이야기에 나의 몸을 바라보았다.

'맞아! 나도 빛이 있었지. 왜 나는 빛이 있는 걸 알면서도 빛나는 줄은 몰랐던 것일까?'

나조차 모르는데 누군가 알아줄 리 없다. 나를 제대로 바라보니 빛은 어느새 나의 가슴속 깊숙한 곳에 스며들어 있었다. 이전과는 전혀 다른 빛의 형태를 보이며 온전히 나에게 자리 잡고 있었다.

많은 별이 계속해서 나를 감싸며 주위를 맴돌았다. 그건 마치 "너도 빛나는 별이야!"라고 얘기해 주는 것만 같았다. 별들 사이에서 나도 별이 된 기분이 들었다.

나의 빛이 지구에서도 보일까? 엄마와 코끼리가 지금쯤 밤하늘을 바라보며 이 빛을 보고 있으면 좋을 텐데. 코끼리는 망원경이 있으니, 어쩌면 나를 보고 있을지도 모른다는 재미난 생각을 했다. 그 사이 별들은 다시 제자리를 찾아갔다.

"달은 이제 멀지 않았어. 조금만 더 가면 돼."

별들은 친절하게 안내하며 더욱 빛나는 길을 만들어 줬다. 우리는 계속해서 앞을 향해 나아갔다. 그런데 옆에서 이상한 느낌이 들었다. 불안감이 엄습해오자 그곳을 바라봤다. 빠른 속도로 달려오는 무언가와 곧 부딪힐 것만 같았다. 이대로 있다가는 별들이 위험하지 않을까.

"조심해! 옆에서 무언가…."

나의 말이 끝나기도 전에 별들은 알 수 없는 무언가와 충돌했다. 하마터면 개미와 나는 별의 다리에서 떨어질 뻔했다. 생각만 해도 아찔했다. 나는 엄청난 긴장감으로 코앞에 놓여 있는 행성인지 위성인지 모를 정체를 바라보았다. 그것은 엄청나게 컸다. 놀란 별들은 당황하며 상의하기 시작했다.

"정말 미안해. 더는 앞으로 나아갈 수 없어."

별 중에 일부는 크게 다쳤다. 게다가 앞이 막혀 길을 만들 수가 없는 상황이었다. 별들의 입장이 이해되었기에 더는 안내해달라고 말할 수 없었다. 다만 덩그러니 이곳에 남겨지면 안 될 것 같아 방법이라도 물어봐야 했다.

"어떻게 해야 달에 갈 수 있을까?"

"너무 걱정하지 마. 지금 네 앞에 있는 것도 달이니까!"

"달이라고?"

"응! 지금 네 앞에 있는 것은 두 번째 달이야. 그러니 안심해." 그 말을 들은 개미와 나는 서로를 쳐다보며 생각했다.

많은 일을 겪으며 우리에게 일어난 크고 작은 문제들이 더는 문제라고 인식되지 않았다. 오히려 헤쳐나갈수록 더 굳건해지며 단단해지고 있음을 알 수 있었다.

"준비됐어?" 나의 물음에 개미는 윙크하며 대답했다.

"그럼. 물론이지!" 우리는 어느새 이 모험을 즐기고 있었다.

두 번째 달로 발걸음을 옮기자, 별들은 내게 마지막 인사를 건넸다.

"머지않아 아름다운 사랑을 할 수 있을 거야.
너 자신을 믿어봐!"

두 번째 달

여행을 하며 자연스럽게 성장을 거듭했다. 어느새 나와 개미는 꽤 적극적인 모습으로 변해있었다. 나는 두 번째 달에게 먼저 인사를 건넸다.

"안녕! 만나서 반가워. 우연히 두 번째 달에 오게 되었어. 두 번째 달은 생각보다 훨씬 크구나!"

"안녕! 그런데 나를 어떻게 아는 거니?"

두 번째 달은 놀라는 표정이었다.

"별들이 알려줬어. 게다가 남은 달이 두 개뿐이니!"

"그렇구나. 내게 궁금한 게 있니?"

"혹시 이곳에도 편지가 오는 거야? 달의 우체부도 있어?"

나의 질문에 두 번째 달은 여유 있는 미소로 대답했다.

"이곳에는 편지가 오지 않아. 그러니 달의 우체부도 없지!"

"어째서?"

"간단해. 나를 모르기 때문이지. 사람들이 소원을 비는 것은 첫 번째 달이야!"

"혹시 달이 아닌 거니?"

왠지 로켓 보이가 생각나 조심스레 질문했다.

두 번째 달은 웃으며 대답했다.

"아니. 나는 달이 맞아! 단지 매우 자유로워서 이곳저곳을 여행하지. 항상 지구로부터 멀리 여행을 떠나."

"사람들이 너의 존재를 몰라줘서 섭섭하진 않아?"

"누군가에게 나를 꼭 알릴 필요는 없어. 나는 내 삶을 즐기고 있으니까. 그렇지만 굳이 섭섭한 게 있다면 두 번째 달로 불리는 것이야."

"첫 번째가 아니기에?"

"아니, 그것과는 상관없어! 단지 두 번째라는 수식어가 싫을 뿐이야. 나 자신을 두 번째라고 생각하지 않거든. 나만의 매력이 있으니까!"

두 번째 달은 스스로에 대한 자부심과 자신감이 굉장히 돋보였다. 그건 정말 매력적이었다.

"지구에서도 너를 볼 수 있다면 참 좋을 텐데…."

"그건 아쉽지만 난 우주여행을 좋아해. 가끔 지구를 돌기도 하는데 지구를 도는 시간이 매번 달라서 사람들은 나를 잘 몰라. 지구로부터 멀리 떨어져 복잡한 궤도를 타니까… 아마 나를 찾는 데는 제한이 있을 거야."

"복잡한 궤도라고? 안정적인 삶을 원하지 않아?"

"누구나 삶의 방식이 다르잖아. 나는 언제나 나답게 살고 행동하는 삶이 좋아. 그 자체가 나인걸."

두 번째 달은 그의 삶에 꽤 만족했다. 자신을 잘 알고 있으며 본인에게 맞는 삶의 방식이 존재했다.

"우주 곳곳을 다니는데 그것은 정말 재미있어. 아직 너희가 보진 못했겠지만, 우주에는 많은 생명체가 살고 있거든. 또 지구만큼이나 아름다운 행성도 많단다."

이야기를 마친 두 번째 달은 다른 우주 생명체와 행성에 대해 생각하는 듯했다. 그 와중에 뭔가 이상한 느낌이 들기 시작했다. 아뿔싸! 두 번째 달은 충돌 후, 점차 일정한 속도를 되찾은 것이다. 굉장히 빠른 속도와 함께 다른 곳으로 이동하고 있었다. 왠지 달에서 점점 더 멀어지는 기분이었다.

"혹시 달에 어떻게 가야 하는지 아니?"

나는 마음이 급해졌다.

"이곳은 달로부터 멀리 떨어진 곳이야."

"그럼 어떻게 달에 갈 수 있지?"

방법이 분명 있을 것이다.

"그러지 말고. 나와 함께 가는 것은 어떠니?"

달에 가는 방법이 지금으로써는 없는 것 같았다.

"미안, 나는 꼭 달에 가야 해!"

나의 말에 두 번째 달은 알겠다는 듯 고개를 끄덕였다.

"더 멀어지기 전에 멈춰있는 소행성으로 지금 이동하는 것은 어때?" 개미가 내게 말했다.

우리는 선택지가 없었다. 두 번째 달은 본격적으로 여행을 시작할 기세였다.

"우리를 소행성으로 데려다줄 수 있니?"

부탁을 하자, 두 번째 달은 이름 모를 소행성 옆으로 가까이 다가갔다. 거침없는 성격이지만 이번만큼은 조심스럽고 섬세하게 행동했다.

"나는 다시 궤도를 타야만 해. 참! 여기는 위험 구역이라 특히 조심해야 할 거야. 우주는 광활한 만큼 아주 다양하고 신비한 일들이 자주 발생하니까."

"예를 들어 어떤 것?"

개미와 나는 소행성으로 발걸음을 옮기며 두 번째 달의 이야기를 들었다.

"블랙홀 같은 것을 말해. 어둠 속으로 모든 걸 집어삼키지. 조심해! 우주는 미지의 세계야."

"너는 그것을 어떻게 잘 알아?"

"우주를 여행하며 이것저것 많은 것을 보고, 듣고, 경험하니까 비교적 아는 것이 많지. 그럼 안녕. 행운을 빌게!"

"안녕. 즐거웠어!" 돌아서는 그에게 마지막 인사를 건넸다.

두 번째 달은 빠른 속도로 떠났고, 나는 그가 떠나가는 뒷모습을 한참이나 바라봤다. 이 우연한 만남은 내게 흥미로웠다. 어느새 광활한 우주를 느끼며 즐기고 있는 나를 발견했다.

보이기 위한 삶이 아닌, 나를 위한 삶을 산다는 것.
그것은 나의 영혼에 활력을 불어넣는 것이다.

유니콘과 함께

이곳 소행성은 자고 있는 것인지 아무 말이 없었고, 개미와 나는 조용히 쉬기로 했다. 한참을 생각해도 달에 갈 방안이 떠오르지 않자, 옆에 있는 개미를 바라보았다. 개미는 나와 달리 태연하게 노래를 들으며 종이에 글을 적고 있었다. 표정을 보아하니 무언가 깊은 생각을 하는 것 같았다.

"개미야. 지금까지의 여정은 어땠어?"

집중하던 개미는 헤드폰을 벗으며 대답했다.

"이제 막 새롭게 시작하는 기분인걸. 지금도 우리가 우주에 왔다는 게 믿기지 않아. 그래서 이 느낌을 글로 적고 있어. 이곳에 있다는 것이 정말 놀라워!"

개미는 어떤 상황에서든 긍정적으로 바라보았다.

"개미야, 이 여행이 너와 함께여서 정말 좋아."

그러고 보니, 마음이 맞는 이와 뜻을 나누고 함께하며 진심으로 서로를 위해주는 것이 얼마나 행복하고 아름다운지를 배울 수 있었다.

"나도 마찬가지야! 토토 너와 함께여서 더욱 특별한 여행으로 느껴져. 그런데 말이야. 이곳은 정말 느낌이 이상해."

개미는 만져지지 않는 우주에 손을 뻗어 에너지의 흐름을 느끼고 있었다.

"어떻게 다른 것 같아?"

"글쎄. 이런 느낌을 어떻게 표현해야 할지 모르겠어. 굳이 비유하자면 고요하고 잔잔한 호수에 누워 둥둥 떠있는 느낌이야. 게다가 우리가 모르는 굉장한 것들이 숨겨져 있는 것만 같아. 토토야! 너는 이곳에 와보니 어떤 생각이 들어?"

"글쎄… 문득 궁금해졌어. 우주 너머에는 어떤 세상이 있을지…"

나는 소행성에 누워 우주를 바라보았다. 하늘 너머에 우주가 있던 것처럼 이 신비한 우주 너머에는 어떠한 세상이 있을지 궁금했다.

나의 대답에 한참이나 반응이 없던 개미를 바라보자, 개미는 무언가를 보며 겁에 질린 표정을 하고 있었다. 그러고는 긴장한 듯 내게 말했다.

"토토야… 저거 말이야… 혹시… 블랙홀이 아닐까?"

개미가 가리키는 쪽을 바라보았다. 그것은 마치 거대한 암흑 세상처럼 보였다.

문득 이런 생각이 들었다. 이곳에서 나의 영혼이 블랙홀로 빨려 들어간다면 나는 앞으로 어떻게 되는 걸까.

"모든 것을 집어삼킨다는… 그 블랙홀… 맞지?"

나는 개미의 말에 아무 말도 할 수 없었다. 위험을 감지하는 건 본능이다. 여행 중 가장 위험한 순간이 있다면 아마 지금일 것이다. 나는 본능적으로 알 수 있었다.

소행성은 서서히 블랙홀 쪽으로 빨려들었고 이대로 가다간 정말 큰일이 날 것 같았다. 우린 어떻게든 이 상황에서 벗어나야만 했다.

"토토야! 뿔이 난 망아지 기억해? 마지막 인사에서 그랬잖아. 네가 부르면 언제든 오겠다고!"

망아지의 황당한 말은 절대 잊을 수가 없었다.

"설마… 그게 가능할까?"

나는 희망을 품으면서도 믿기질 않았다. 망아지가 지구에서 우주로 오다니. 그게 말이 되는 소리인가. 그렇지만 지금의 상황에서는 방법을 가릴 수도 없었다.

번뜩 예전 기억이 떠올랐다. 조금 엉성해 보였지만 묘한 느낌의 혹, 상처가 빠르게 치유된 망아지, 혹인 줄 알았던 것이 어느덧 뿔의 형태를 하고 있던 모습이 생각났다. 어쩌면 가능할지도 모른다.

우리는 빠른 속도로 점점 빨려 들어갔다. 이제 조금이라도 늦는다면 큰일이다.

"위험해. 서둘러!"

개미는 내 옷을 꽉 붙잡으며 크게 소리쳤다.

"제발, 도와줘!"

나는 망아지를 떠올리며 외쳤다.

우리의 몸은 금방이라도 흩어지며 사라질 것 같았고 나는 눈을 질끈 감아버렸다. 내 마지막 기억은 갑작스레 들려온 말소리와 함께 커다란 흰 날개가 나를 감싼 것뿐이다.

모든 것이 고요했다. 잠시 어린아이가 되어 잠자리에 든 기분이 들었다. 따듯함도 느껴졌다. 감고 있던 눈을 떠보니, 나와 개미는 망아지의 등 위에 누워 우주를 날고 있었다.
 "오랜만이에요. 불러줘서 기뻤어요."
 다 자란 듯 보이는 망아지가 나를 바라보며 미소 지었다. 그가 정말 와줬다. 이런 것을 기적이라고 하나 보다.
 "고마워. 진짜로 와줬구나…."
 그가 이렇게 내 앞에 있는 모습을 보자 감동의 눈물이 흘러나왔다. 망아지의 말이 맞았다. 마음으로 아름다움을 느끼면 감동한다.

 망아지는 안 본 사이에 커다란 날개가 생겼고, 하얀 털은 귀티가 흘렀으며 뿔의 색은 더욱더 화려해졌다.
 "제 소개를 할게요. 저는 유니콘이에요."
 "유니콘이라고? 실제로 존재한단 말이야?"
 "물론이죠. 지금도 이렇게 당신 앞에 있잖아요."
 직접 보고도 믿기지 않았다.
 "그럼 정말 내 목소리가 들렸어?" 나는 몹시 궁금했다.
 "당신의 목소리가 선명하게 들려왔어요."
 "어째서 이렇게까지 도와주는 거야?"
 나는 그것이 의문이었다.
 "어째서라뇨. 당신에게 받은 감동을 돌려주는 거예요."
 유니콘은 작은 고마움을 잊지 않았다. 마음은 일방적인 것이 아니다. 주기만 해서도 안 되고 받기만 해서도 안 된다. 마음은 서로 주고받을 때 가장 아름답다.

유니콘을 잠시 뒤에서 바라보니 그의 뿔이 내 눈을 사로잡았다. 다채로운 빛을 발산하는 뿔. 다시 봐도 매우 신비로웠다. 나의 시선을 느꼈는지 그는 뿔에 관한 이야기를 조심스레 들려주었다.

"이 뿔은 힘의 원천이에요. 마법의 힘이 있고요. 모든 생명을 살릴 수도 있어요. 이 사실을 알게 된 인간들은 어느 순간부터 갖은 방법으로 제 뿔을 탐냈죠. 그래서 저희는 영원히 인간을 피해 다니게 되었답니다. 아마 제가 전설이 된 것은 그 이유 때문일 거예요."

유니콘이 전설이 된 이유는 생각보다 거창하지 않았다. 아주 단순한 도피로부터 시작되었다. 인간을 피한 이유는 단지 싫어서가 아니었다. 그저 자신을 보호하기 위한 마음으로 시작된 것이었다. 사람들은 표면에만 집중한다. 그래서 내면의 사정은 잘 모르기도 하고, 관심조차 없다. 진실은 보이지 않는 마음과 같으니까. 그는 내게 계속 말했다.

"그런데 당신에게도 인간의 느낌이 났어요."

"그렇다면 왜 나를 도와준 거야?" 나는 몹시 궁금했다.

인간을 피해 전설의 존재가 되어버린 유니콘이 어째서 나를 도와준 것일까.

"가장 순수한 소녀만이 저를 부를 수 있으니까요. 당신이 바로 그 소녀예요. 당신이 저를 부른다면 저는 당신을 따라 어디든 가요."
 유니콘은 순수에 큰 의미를 부여하고 있었다. 우리는 그의 이야기를 들으며 신비하고 광활한 우주 곳곳을 날아다녔다.
 '고마워. 내게 와줘서… 너를 만난 것은 기적이야.'

 순수한 마음은 감동을 만들고, 감동은 기적을 만든다.

달의 우체부

저 멀리 커다랗게 빛나는 달이 보였다. 우리는 긴 시간 동안 유니콘과 함께 온 우주를 누비며 날았고, 드디어 꿈에 그리던 달에 도착했다. 발이 닿는 순간 강한 확신이 들었다. 거대하고 신비한 기운이 감도는 이곳이야말로 내가 그토록 꿈꿔왔던 곳이라는 것을. 개미와 내가 달에 왔다니 직접 오고도 믿기지 않았다.

문득 여행 전의 기억이 떠올랐다. 오두막에서 코끼리, 개미와 함께 우주를 관측했던 그 순간이. 나는 이곳에서의 첫 꿈을 멋지게 이루어냈다.

안전하게 데려다준 유니콘에게 고마움의 인사를 하려고 뒤를 돌아보자, 그는 이미 흔적도 없이 사라졌다.

아쉬움을 느낄 무렵, 달이 먼저 인사를 건넸다.

"달에 온 걸 환영해요."

"안녕하세요. 혹시 달의 우체부가 있는 달이 맞나요?"

나는 확신하면서도 확인하고 싶었다.

"맞아요. 이곳에는 달의 우체부가 있어요."

이제야 달에 온 실감이 났다.

"지금 달의 우체부를 만날 수 있을까요?"

"그럼요. 하지만 달에 들어가기 위해서는 한 가지 조건이 있었는데 기억하시나요?"

물론 기억한다. 나의 색을 찾는 것이었다. 그런데 난 아직 나의 색을 찾지 못했다. 잠시 고민에 빠진 나를 개미가 바라보며, 걱정하지 말라는 듯 이야기했다.
 "토토야. 네 모습을 봐."
 나의 모습은 어느새 선명한 색을 갖고 있었다. 가장 먼저 빨간 멜빵바지가 눈에 들어왔다. 하얀 피부는 그대로였고, 손과 발 부분에는 약간의 살구색이 감돌았다. 그런데 이 멜빵바지가 어쩐지 낯설지 않다.
 '어디서 봤더라.'
 생각이 날 듯하면서도 도통 생각이 나질 않았다.
 "잠깐만, 나도 들어갈 수 있을까?"
 옆에 있던 개미가 내게 물었다.
 "물론이에요. 이미 당신의 색이 있는걸요! 꿈을 꾸고 이루기 위해 노력한다면, 자신의 색을 찾을 수 있답니다. 이곳은 자신의 색을 찾은 사람만이 입장할 수 있는 곳이에요."
 달이 대답했다.
 "제 목소리가 들리나요?" 개미가 놀라 달에게 물었다.
 "그럼요. 저는 모든 것을 보고 들을 수 있답니다. 이제 두 분은 달에 입장할 수 있어요."
 마침내 달 안으로 들어갈 수 있는 문이 열렸다.

 세상에! 나는 들어가자마자 깜짝 놀랐다. 정말 수많은 편지가 달 안을 가득 채우고 있었다.
 '이렇게나 많은 꿈의 편지가 달에 도착하는구나.'

저 멀리서 편지를 분류하고 있는 달의 우체부가 보였다. 드디어 그를 만났다. 그 순간 달 전체가 온통 노란빛으로 물들었다. 그는 정말 존재했다.

"저분이 달의 우체부인가 봐!" 개미가 내게 말했다.

우리는 달의 우체부를 향해 걸어갔다. 그는 누군가 다가가는지도 모른 채, 오직 일에만 몰두하고 있었다. 그의 모습은 내 상상과는 조금 달랐다. 유니폼을 입고 있는 달의 우체부는 매우 젊었고, 빛나고 있었다.

나는 그에게 먼저 다가가 인사를 건넸다.

"안녕하세요."

나의 인사에 깜짝 놀란 달의 우체부는 내 쪽을 바라보았다. 옆에서 볼 때는 몰랐는데 그에게는 잘 어울리는 갈색 콧수염이 있었다.

"제가 이곳에 온 이유는 달의 우체부를 만나 꼭 물어볼 게 있어서였어요."

계속된 나의 말에 그는 손을 멈췄다. 그러고는 한참 동안 나를 빤히 바라보았다.

"토토구나…"

그는 나지막이 내 이름을 불렀다.

"저를 아시나요? 기억하는 거예요?"

"그럼, 물론이지. 이곳에 올 것도 알고 있었단다."

"사실… 오는 길에 목걸이를 잃어버렸어요… 그게 있었으면

서로에게 더 좋았을 텐데… 정말 죄송해요."

그의 눈을 보자, 그가 내게 남겨준 목걸이를 잃어버린 게 생각났다.

"미안할 필요 전혀 없단다. 그 목걸이는 나를 위한 것이 아니라 네 꿈을 찾기 위한 열쇠였을 뿐이야. 그래서 소중한 거였지. 또한 목걸이가 없다고… 너를 못 알아볼 리가 없단다."

그는 나를 꼭 안아줬다. 엄마가 안아줄 때와는 다른 따뜻함과 안정감이 느껴졌다.

"확신이 필요했어요. 당신의 존재에 대해. 그리고 아빠에게 꼭 묻고 싶은 게 있었죠."

그는 내가 어떤 질문을 할지 알고 있는 것 같았다.

"무엇이든 말해보렴."

"달의 우체부가 꿈이었나요? 그것으로 행복했나요?"

내가 본 아빠의 꿈은 달의 우체부가 아니었다. 단지 달에 대한 호기심으로 시작되었다. 그래서 그가 달의 우체부를 하며 행복했을지 궁금했다. 아니. 행복하지 않았을 거라는 확신으로 물어보았다.

"네 생각이 맞아."

내 생각이 들리는 것일까. 처음에 개미에게도 그런 느낌을 받았는데. 생각도 잠시, 달의 우체부가 이어서 말했다.

"나의 꿈은 호기심으로 시작되었고 달에 가는 거였어. 달을 향해 여행을 떠났고, 달에는 많은 이들의 소원과 꿈의 편지로 넘쳐난다는 것을 처음으로 알게 되었지. 나는 누군가의 진심과 소중한 꿈을 지켜주고 싶었고, 어느새 마음을 전달하는 그 일이 나의 가슴속 빛으로 자리 잡았단다. 그래서 하고 싶었지. 꿈이라는 것은 말이야. 자연스러운 거란다. 단시간에 누군가 되는 게 아니야."

"그럼 행복했나요?"

"결국 나는 꿈을 이뤘다고 볼 수 있어. 하지만 꿈을 이뤘다고 해서 연속적으로 행복한 것은 아니었지. 가장 소중한 것을 놓치고 있었으니까. 사랑하는 이들이 내 곁에 없다는 것. 그것은 도리어 행복으로부터 나를 멀어지게 했단다. 사랑! 그건 아주 중요한 것이지."

달의 우체부는 꿈을 이뤘다고 해서 오랫동안 행복한 것은 아니라고 했다. 행복은 계속해서 머무르는 것이 아니고, 한 가지 요소로만 채워지는 것이 아니었다.

"그럼 많이 힘들었나요?"

"아니. 그렇지도 않았지. 또 다른 꿈이 시작됐으니까. 때로는 희망이 행복을 만들기도 한단다."

우리는 크고 작은 꿈들을 연결하며 살아간다. 달의 우체부는 이곳에서 꿈과 희망의 연속으로 행복을 만들어 갔다. 꿈은 단 하나만 있는 게 아니니까.

그는 내게 놀라운 이야기를 들려줬다.

"사실. 네 편지는 한 번만 온 것이 아니란다. 너는 아주 오랜 시간 수많은 편지를 달에 보내왔지. 그중에 너의 진심과 의지가 담겨 있는 것에만 답장이 갔을 거야. 아주 간절한 것. 그걸 위해 마음이 먼저 움직여야 편지를 받을 수 있지. 또 다른 놀라운 비밀도 알려줄게. 그 편지들은 수신인과 발신인이 같단다. 나는 그 마음을 전달하는 거야."

"그렇다면…."

"네가 너에게 답장을 해주는 거란다!"

개미는 옆에서 흥미롭다는 듯 이야기를 들으며 흥분을 감추지 못했다.

"혹시… 제가 도와 드릴 일은 없나요?"

달의 우체부와 나는 개미를 쳐다보았다.

그때 저 멀리서 큰소리와 함께 비행기 한 대가 날아오고 있었다. 곧이어 그 비행기는 달에 착륙했다.

"저… 비행기는?" 개미가 놀란 표정을 지으며 말했다.

'무슨 일이지… 설마!'

비행기의 문이 열리자, 누군가 모습을 드러냈다. 우려와는 다르게 비행기에서 내린 사람은 다름 아닌 엄마였다.

'엄마가 어떻게 비행기를 타고 여기까지 온 것일까.'

그녀는 비행기에서 내리자마자 나를 발견했다. 그러고는 달려와 꼭 안아주었다.

"우리 토토가 해낼 줄 알았어."

그녀는 주머니에서 무언가를 꺼냈다. 그것은 목걸이였다.

목걸이는 비행기 안에서 발견했다고 했다. 엄마는 여행 중에 우연히 고장 난 비행기를 보게 되었고, 직접 수리해서 비행기를 조종해 달에 왔다고 말했다. 비행기와 목걸이를 훔친 사람에 대해서는 모르는 눈치였다.

그녀는 젊은 시절, 파일럿을 꿈꾸며 공부를 한 적이 있다고 했다. 역시 진가를 발휘해야 참모습을 알 수 있다. 내가 모르는 엄마의 모습은 굉장히 낯설었지만, 새로웠으며 대단하게 비쳤다.

엄마를 마주한 아빠는 온 세상을 가진 표정이었다. 그 둘은 아무 말도 안 했지만 서로를 바라보는 눈빛만으로도 모든 걸 아는 것 같았다. 함께 있기에 더욱 빛났다. 그들이 이렇게 빛나는 이유는 진정한 사랑을 하기 때문이지 않을까.

아빠가 먼저 입을 열었다.

"당신을 만나게 된다면 새롭게 시작하고 싶었어. 그렇지만 이곳에는 여전히 많은 편지가 오고 있어. 그래서 난 지금 어떻게 해야 할지 잘 모르겠어…."

개미는 잠시 망설이다 용기를 내어 말했다.

"저… 제가 해보면 어떨까요? 아까도 말을 하려다 말았는데… 사실 제가 달에 온 이유는 누군가에게 마음을 전하는 일을 하고 싶어서예요. 오랜 세월 동안 달을 지켜온 것은 토끼 가문이지만, 그 선입견을 깨고 달의 우체부가 되고 싶어서 여기까지 왔어요."

드디어 여태 비밀로 했던 개미의 꿈을 알게 되었다. 개미의 이야기에 엄마와 아빠는 환한 미소를 지었다.

지금 이 순간! 달에서 모두의 꿈이 이뤄진 것이다.

"토토야, 너는 이제 어떻게 할 거야?"

개미가 내게 물었다.

난 어쩌면 우주에 온 처음부터 알고 있었는지도 모른다. 이곳이 나의 무대라는 것을. 지구 너머의 세상이 궁금한 이들을 위해 드넓은 우주의 길잡이가 되어야겠다고 생각했다.

"난 이곳에 남아서 우주 비행사를 할 거야."

내 곁에 있는 모두가 나를 바라보며 진심으로 내 꿈을 응원해 주었다. 이제야 빛이 내게 온 이유를 알 것 같다. 그 빛이 바로 내 삶의 이유였다. 나를 깨우고 내 안의 빛을 좇아야만 했던 것이다.

잠시 뒤, 우주를 넘어선 다른 곳에서 누군가의 목소리가 들려왔다.

"이제 가야 할 시간이야. 자신을 찾았으니 돌아가야만 해."

어디서 들리는 소리인 걸까. 무언가 이상하다고 느껴 우주 너머를 바라보았다.

"기회는 지금뿐이야. 그러니 이번에는 꼭 네 삶의 의미를 찾고 만들어가야 한단다."

그 순간 나의 빛과 달빛이 동시에 온 사방으로 퍼져 나갔다.

내 어깨 위에 있던 개미는 달의 우체부 어깨 위로 뛰어올랐다. 달의 우체부는 두 팔을 벌려 나를 안아주는 것이 아니라 밀쳐냈다. 그렇게 나는 토토의 엄마, 달의 우체부, 개미의 모습을 끝으로 우주에서 지구로 떨어지고 있었다. 그 속도가 너무 빨라 정신을 잃고 말았다. 마지막으로 기억나는 것은 달의 우체부가 전하는 짧은 메시지였다.

"잊지 마. 인생의 가장 강력한 마법은
바로 너 자신이라는 것을."

다시, 삶

머리가 깨질 듯이 아프기 시작했고, 뭔가 이상한 기분이 들어 눈을 번뜩하고 뜨니 낯선 천장이 보였다.

'이곳은 또 어디지?' 주변을 둘러보니 병실이었다. 창가에는 싱그러운 햇살이 한가득 들어왔고, 창밖 너머로는 우렁찬 매미 소리가 들렸다.

드르륵. 문 여는 소리와 함께 무언가 툭 하고 떨어지는 소리가 들려왔다. 그 소리를 따라 고개를 돌려 보니 엄마가 서 있었다. '엄마… 존재만으로도 애틋한 우리 엄마.'

그녀는 깨어난 나의 모습을 보자마자 눈물을 왈칵 쏟아내며 침대로 달려왔다. 엄마를 보니 나도 모르게 눈물이 흘렀다. 그것은 행복한 눈물이었다.

"고마워. 정말 고마워. 이렇게 깨어나 줘서…."

엄마는 나를 꼭 안아주며 내가 살아 있는 건 기적이라고 말했다. 나는 올여름 내내 혼수상태로 있었고, 사고가 난 그날부터 오늘 아침까지 장마가 계속되었다고 했다. 이제야 모든 게 제자리를 찾았다며 엄마는 어린아이처럼 좋아했다. 나도 엄마를 안아 주고 싶어 팔을 움직이자, 침대에 있는 무언가와 스치듯 닿았다. 그것을 조심스레 들어보니 나의 어린 시절을 함께해 주던 토끼 인형 '토토'였다.

어린 시절, 여러 차례 이사하던 어느 날에 나의 전부였던 토토를 잃어버렸다고 생각했다. 아무리 찾아봐도 찾지 못해서 온종일 울었던 기억이 난다.

  그런데 지금 이렇게 토토가 내 옆에 있다. 빨간 멜빵바지가 인상 깊은 토토를 한참이나 바라보았다. 그저 깊은 꿈이라고 생각하기에는 믿기 어려울 정도로 선명한 여정.

  "네가 어른이 되고 서울로 간 후에 토끼 인형을 찾았단다. 가장 밝았던 우리 딸 모습이 생각날 때면, 그 인형을 보곤 했지. 병원에 누워있는 수척한 네 모습을 보니까 이 인형이 생각나더라고. 혹시 알아? 네가 토토를 만나면 반가운 마음에 다시 벌떡 일어날지. 그래서 가지고 왔단다. 우리 딸, 서울에서 그간 고생했어. 많이 힘들었지?"

  그 말에 하염없이 눈물이 났다. 아무리 힘든 일이 있어도 티 한 번 안 냈다고 생각했는데 역시 엄마를 속일 수는 없다. 나는 엄마를 두 손으로 꼭 끌어안았다. 엄마의 따뜻하고 기분 좋은 냄새를 맡았다. 꿈에서도 잊지 못했던 그 냄새.

  지금 이 순간이 너무 행복하다.

  "왜 이렇게 심장이 빨리 뛰는 거야? 건강에 무슨 문제 있는 거 아닐까?" 엄마가 깜짝 놀라 물었다.

  "아냐… 이건 너무 좋아 서야. 지금 너무 설레서 그래…."

  가슴이 벅찰 정도로 뛰는 이유는 내 영혼과 함께 새로운 삶이 시작되어서다. 나의 영혼은 그 어느 때보다 순수하고 아름다웠다.

늦은 저녁, 창문 너머로 밤하늘에 떠 있는 초승달을 바라보았다. 때론 현실이 꿈같고, 꿈이 현실 같을 때가 있다. 그건 정말 꿈이었을까? 아직도 선명하게 생각난다. '달의 우체부' 그가 정말 달에 있을지도 모른다는 생각이 들었다.

'아니다. 이제는 개미가 있으려나?'

그 순간 누군가 병실 문을 열고 들어왔다. 아빠였다.

그는 아무 말 없이 날 보고 있었다. 방긋 웃고 있었지만, 어딘가 모르게 많이 수척해진 모습이었다.

"아빠… 걱정 끼쳐서 미안해…."

나의 이 한마디에 아빠는 참았던 눈물을 흘렸다. 너무나 소중한 나의 가족. 한참이나 내 손을 잡아 주던 아빠는 퇴원 후, 고향에 함께 내려가자고 제안하며 그간의 이런저런 이야기를 들려줬다.

이야기를 듣던 중 아빠에게 한 가지 궁금한 게 생겼다.

"아빠는 꿈이 뭐야?"

갑작스러운 나의 질문에 아빠는 조금 당황한 듯했다. 아빠의 꿈은 뭐였을까. 그리고 엄마의 꿈은 뭐였을까. 두 분은 현재 꿈꾸는 것이 있을까. 젊은 나이에 일찍 결혼했고 내가 태어나면서부터 많은 걸 포기했을 것이다. 아빠는 한참을 고민하다 이제는 그런 생각을 안 해봐서 잘 모르겠다고 말했다. 하지만 조만간 꿈을 찾아보겠다고 약속했다. 그런 아빠의 모습을 보니 조금은 안심되었다.

병원에 있는 동안 하루하루가 너무 소중하고 아까운 마음이 들었다. 나의 노력과 가족의 사랑 덕분이었을까. 나는 점차 회복했고 빠르게 퇴원했다.

부모님의 의견대로 고향에 내려가고 싶긴 했지만, 아직은 때가 아니라고 생각했다. 이곳에 남아 정리해야 할 일이 많았다. 가장 먼저 한 일은 다니던 회사에 사표를 낸 것이다. 돌아오는 길에는 나에게 선물을 해보기로 했다. 태어나서 처음으로 하는 선물이었다. 내가 갖고 싶은 것을 사는 것과는 다른 것이었다. 스스로 타인이 되었다고 생각하고, 받았을 때 기분이 좋아질 것을 선물해보기로 했다. 나의 취향을 고려해봤다.

'그래. 꽃 선물을 하는 거야.'

나는 근처 꽃 가게로 들어갔다. 수많은 꽃이 아름답게 피어나 있었다. 그중 내 눈에 띈 것은 노란색 프리지어 꽃이었다. 프리지어 꽃말은 여러 의미가 있는데 나는 이 꽃말을 제일 좋아한다.

당신의 시작을 응원합니다.

집에 돌아와, 창가 쪽에 프리지어 꽃이 담긴 화병을 올려놓았다. 눈부신 햇살이 내려앉은 프리지어 꽃을 보고 있자니, 나의 시작이 빛나고 있는 것만 같았다. 첫 선물은 성공적이었다. 곧이어 나는 집안 곳곳을 청소하며, 마음을 비워냈다. 그것은 새로운 것들을 채워나가기 위함이었다.

 다음 날이 되자, 떠날 채비를 마치고 짐을 챙겼다. 내겐 마음 여행이 필요했으니까. 마지막으로 침대에 놓여 있는 토토를 바라보며 집을 나섰다.

 바쁘다는 핑계로 자주 못 갔던 그곳. 나는 아주 오랜만에 고향 집에 들렀다. 집안으로 들어서자, 옛 추억과 향수가 가장 먼저 나를 반겼다. 잠시 이곳저곳을 둘러보다 곧장 어딘가로 향했다.
 '나만의 작은 세상' 그곳은 크기만 작을 뿐, 나의 전부가 깃들어 있는 공간이다. 엄마는 오래도록 나의 방에 변화를 주지 않고 모든 것을 그대로 두었다. 그래서인지 가장 순수한 시절이 고스란히 담겨 있었다.
 '인형, 장난감, 동화책, 백과사전, 지구본, 형광별·달'

 방안을 훑자 낯익은 문이 눈에 들어왔다. 다락방으로 가는 문이었다. 잊힌지 오래인 곳이지만 그 안에는 그리움과 소중함으로 채워져 있음을 알 수 있었다. 나는 천천히 문을 열고 설레는 마음으로 계단을 올라갔다. 전구를 켜자, 다락방 안에는 큰 추억 상자 하나가 덩그러니 놓여있었다. 그 안에는 어린 시절의 일기장과 공책, 학습지, 사진 앨범으로 가득 차 있었다. 가장 먼저 앨범을 하나하나 살펴보았다. 사진 속에는

나의 장난꾸러기였던 모습과 해맑은 모습이 여기저기 담겨 있었다. '이때의 나는 밝은 미소로 가득했구나.'

사진을 보고 있으니 마치 그때로 돌아간 것만 같았다.

마지막 앨범까지 보고 덮자, 그 사이로 눈에 띄는 일기장 하나를 발견했다. 일기장에는 무언가 특별한 게 있을 것만 같은 예감이 들었다. 조심스레 첫 장을 열어보니 기대와는 다르게 웃음만 나왔다. 서툰 글씨와 함께 귀여운 사건, 사고로 가득했으니까. 나는 한참을 웃으며 종이를 넘기다, 뭔가를 발견했다.

    코끼리와 개미 그림. 그 옆에 또박또박 쓴 문장 하나.
    "이다음에 커서, 나는 꼭 우주비행사를 할 거야."

내가 봤던 '달의 우체부'의 모습이다.
그는 멋지게 첫 꿈을 이뤘고
또 다른 꿈을 꾸며 새로운 삶을 시작했다.
달의 우체부는 사랑하는 아내와 함께
고향에서 텃밭을 일구며 행복하게 살고 있다.
이제 새로운 달의 우체부는 '개미'다.
개미는 작은 것 하나하나 소중히 여기므로
여러분의 그 어떤 마음도 놓치지 않을 것이다.

소중한 꿈을 담아, 달에 마음을 보내보세요.
어쩌면 달의 우체부가 당신에게 편지를 전할지도.

여정의 끝은 새로운 시작

끝은 또 다른 시작이다. 우리의 인생은 시작과 끝의 연속으로 완성을 향해 간다. 이 모든 것은 유한한 시간 안에 존재한다. 어제와 다른 나, 오늘에 최선을 다하는 나, 내일을 향한 나를 위해 살아가자. 시간을 느끼며 삶을 온전히 즐기자. 그 어떤 인생도 완벽하지 않기에 살아가는 동안 채워가는 것이다. 내 삶은 곧 나다. 삶을 나로 채우기 시작할 때 비로소 나를 만날 수 있다.

내가 나를 만나는데 지름길은 없다. 인생은 가장 나다운 선택을 하며 자신의 길을 묵묵히 앞으로 나아가는 방법뿐이다. 길 끝에 닿았을 땐, 지금의 나를 만나게 된다. 그리고 또 다른 길을 걸어간다. 그렇게 계속 걸어가다 보면, 마침내 나라는 사람이 누구인지 보인다.

속도보다 중요한 것은 방향이다. 길을 잃었다고 할지라도 걱정하지 말자. 길을 잃었다면 길을 찾으면 된다. 잘못된 길로 갔다면 바른길로 가면 된다. 넘어졌다면 다시 일어서면 된다. 희망이 없다 한들, 끝이라고 생각하지 말자. 처음부터 다시 시작하면 되니까. 꽃이 지면 어떤가. 또다시 활짝 피면 된다.

기적은 스스로 만드는 것이다. '우리가 태어날 확률' 그 시작부터가 기적이다. 자신에게 집중한다면, 진정한 나의 모습과 가치를 발견할 수 있다. 하루하루 소중한 내 삶을 위해 미뤘던 꿈 중에 가장 작은 것부터 시작해보자. 매일 행복할 수는 없지만, 행복을 만들 수 있다. 그렇게 점점 큰 꿈을 향해 가자. 꿈을 잃지 않는 한, 우리는 영원히 빛나는 존재가 될 것이다.

    나는 완벽하고도 완벽하지 않지만, 나로서 최초다.

삶에는 정답이 없다.
내가 가야 할 길이 있을 뿐이다.
살아갈 것인가? 살아질 것인가?
선택은 내 몫이다.

토토와 닮은 아이
순수하고, 아름답고, 고결한 아이
이 책이 완성될 무렵, 하늘에 별이 된 아이

많은 나날을 함께하며, 무한한 사랑을 알게 해준
내 삶의 특별한 존재 '겨울'을 기억하며

우리에게 봄이 오길 기다릴게.

달의 우체부

1판 1쇄 인쇄 2021년 08월 30일
1판 1쇄 발행 2021년 09월 05일

지은이 한정희
그　림 강리나

발행인 한정숙
펴낸곳 아일랜드픽
디자인 iSLAND PIC
SNS @islandpic_official
문의 02-332-7110
메일 info@island-pic.com
등록 2021년 07월 13일 제2021-000217호

ISBN 979-11-975329-1-7 03810

- 파본은 구입하신 서점에서 교환해 드립니다.
- 책의 판권은 지은이와 아일랜드픽에 있습니다.
- 책 내용의 일부를 이용할 경우에는 아일랜드픽에 동의를 받아야 합니다.